ちょうちょ地雷

PAPPAGALLI VERDI
Cronache di un chirurgo di guerra
ある戦場外科医の回想

ジーノ・ストラダ *Gino Strada*
荒瀬ゆみこ=訳 *Yumiko Arase*

紀伊國屋書店

GINO STRADA

PAPPAGALLI VERDI

——Cronache di un chirurgo di guerra——

Prima edizione in "Serie Bianca" gennaio 1999

Prima edizione nell' "Universale Economica" maggio 2000

Diciassettesima edizione maggio 2002

ちょうちょ地雷

「目次」

まえがき……007
1 ちょうちょ地雷 「緑色のオウム」……009
2 逃げまどう観客……015
3 絵はがきの祈り……020
4 夜な夜なピンク・ウォードで……025
5 ブーゲンビリアの花の街……030
6 親子のきずな……035
7 妄想の香り……041
8 バザールの魔法……046

9 冬のコレラ……051
10 カブールの赤い空……056
11 ジョンの死……062
12 戦場外科医……067
13 空に鳩を放って……072
14 選別の苦しみ……077
15 砂漠の蜃気楼……081
16 ハワーの涙……086
17 ハラブジャの静寂……093
18 はるかなるローマ……098

19 アルフォンシーネの歌声……104
20 ジャクリーンの恋人……110
21 ようこそ、デセへ……114
22 甘やかされたこどもたち……120
23 アンゴラの幸せな島……124
24 クマの家族……128
25 嵐のあとの蒼い空……134
26 誇り高きエチオピア……140
27 ラマダン・パック……145
28 キリング・フィールドふたたび……149

29 シューマッハとターボ……155
30 ヘルメットをかぶったアフガン人……160
31 自転車のこと……166
32 星降る村の民……171
33 聖なる酔っぱらいの伝説……177
34 夢みる聖戦士……183
35 クルディスタン・パークの怪獣……188
36 瀕死のコシェヴォ病院……191
37 憎むべきは……197
38 DOAとカテゴリー3……204

39 輝ける道……209
40 キーウィ・ホスピタル……214
41 スレイマニア陥落……220
42 戦争はもうたくさん……227
43 スナイパーズ・ロード……233
44 テレーザへ……235

「エマージェンシー」について……239

訳者あとがき……241

装幀 菊地信義
装画 後藤えみこ

まえがき

大きくなったらなにになりたい？　こどものころ、そう聞かれると音楽家か小説家と答えたものです。

わたしは外科医になりました。正確にいうと戦場外科医です。もう長いこと、自分が楽器も弾けなければ小説も書いていないのを、ノスタルジーにかられて嘆くこともしていません。この本の話があったときも、最初は「書いてみたいとは思うけれど、わたしにそんな力はないよ」とあっさりことわったのです。それなのに、結局、引き受けてしまったのは、友人のカルロ・フェルトリネッリが、わたしの書いたものは読むに値すると、本人以上に頑《かたく》なに信じてくれたからです。

作家ではないわたしにできるのは、記憶をたよりに書くことだけでした。事実や出会った人々、考えたことや感じたことを言葉にしました。この本の話は、年代順にも地図の順にもテーマの順にも、並んではいません。記憶がよみがえるにまかせたのです。

値打ちのある作品を著したなどと、思いちがいはしていません。ただ、これを読もうとお決めになった方には、戦争はすべからく恐ろしいものだと、確信していただければと思います。そして、どれほど多くの人が黙って苦しみに耐えているか、目をそらさないでいただきたいのです。

ジーノ・ストラダ

1 ちょうちょ地雷
――「緑色のオウム」

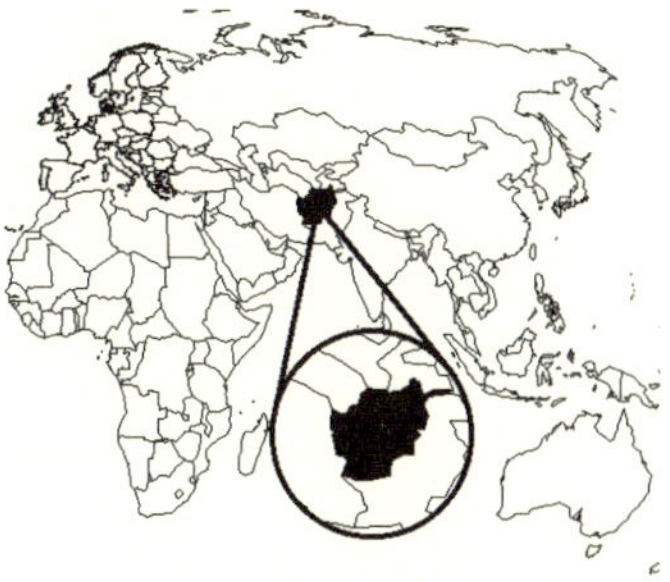

サンダルはやぶれて泥だらけ、頭に巻いたターバンは先が腰までたれている。アフガン人の老人が、クエッタの病院の緊急外来で、六歳の息子をともなっていた。

息子の名はカリル。顔も手も、残っている部分は包帯でぐるぐる巻きにされていた。爆風で黒ずんだシャツを着て、じっと横たわっている。だれかが片そでをひきちぎり、それを包帯にして、止血のため右腕をきつくしばっていた。

「ロシア人が村に投げおとす、おもちゃの地雷でけがをしたんです」。通訳もする看護師のムバラクが、そう言いながら、水の入った盥《たらい》とスポンジをもってちかづいてくる。

衣服を切り、馬にブラシをかけるように力強くこどもの胸を洗いはじめるのをみながら、とても信じられず、宣伝文句かなにかだろうと思っていた。男の子は動きもしなければ、うめき声もあげない。

手術室で包帯をといた。右腕はなくなり、焼けこげたカリフラワーのような、ひどいどろどろの塊があるだけ、左手は指三本がぐちゃぐちゃにつぶれていた。

手榴弾を手にとってしまったのだろうか。

おなじようなケースのちいさい子が病院にきたのは、わずか三日後だった。手術室をでるとき、ムバラクが、爆発で焼けこげた暗緑色のプラスティックの破片をみせてくれる。

「ほら、これがおもちゃ地雷の破片。爆発の場所からもってきたそうです。アフガンの老人たちは、これを緑色のオウムと呼んでいて……」。言いながら、地雷の形を描いてみせる。長さ一〇センチほどで、羽根が二枚、真ん中にちいさなシリンダーが入っている。オウムというより「ちょうちょ」のようで、今手にしているプラスティックのかけらが、どの部分に当たるかもわかった。羽根の先端部分だ。「……低空飛行のヘリコプターから、何千個もばらまくんです。病院の運転手のアブドゥラに訊《き》いてみるといい、あのひとの兄弟の子が、去年あれを拾ったおかげで、指二本なくしちまって、目までみえなくなったんだから」

おもちゃ地雷は、こどもの手足を奪うために考案されたという。いまだに理解に苦しむが、信じないわけにはいかなかった。

三年後、わたしはペルーにいた。数ヶ月かかって外科病棟を立ちあげ、アヤクーチョを後にするとき、詩人でアーティストのペルー人の友人が、レタブロという、プレゼピオ（クリスマスに飾る、キリスト降誕の場の模型）に似た石膏《せっこう》細工の模型を贈ってくれた。土地の権利をめぐる暴力と闘いのシーンを再現したものだ。

鎖につながれながら、目だし帽をかぶった軍隊にひきずられていく農民の人形を、丈の高い金色の麦の穂が囲んでいた。

麦穂のうえにはロロの群れ、鉤《かぎ》型のくちばしに獰猛《どうもう》な目をした緑色のオウムが飛んでいる。レタブロの説明をしながら、ネスターが教えてくれた。「この辺りの農民にとって、軍服とおなじ色をしたオウム《ロロ》は、軍隊の暴力の象徴なんだ。やってくるなり収穫をとりあげ、平気で人まで殺して、行ってしまう」

ネスターは、このアンデス地方の人々の悲惨な暮らしや、苦渋と忍従、組織的な暴力について語った。そのとき、わたしはアフガニスタンで知った、もうひとつの緑色のオウムの話をした。

ロシア製の対人地雷、ＰＦＭ－１型。「日曜日のサーカスの出し物をおみのがしなく」と書かれた、人よせのチラシをばらまくように、上空から村に投げ落とされるのだと説明する。

ネスターの目には、わたし同様、信じられないという色が浮かび、口は驚きで半開きになっていた。

両脇に二枚の羽根がついた地雷の形状は、うまく飛ぶためのものだ。これで、ヘリコプターから投げだされても、垂直に落ちていかないで、まさにチラシのように、あちこち広い範囲に舞っていく。軍隊は、この造りは純粋に技術的な理由によるもので、おもちゃ地雷という呼び方は正しくないと断言している。

しかし、これまでわたしが手術した、この地雷による不運な負傷者のなかに、大人はいない。一〇年以上のあいだ、ひとりの例外もなく、全員がこどもだった。

この地雷はすぐに破裂するわけではなく、踏みつけても作動しないことも多い。少し時間がかかるが、説明書にあるように、くりかえし指でいじくり、羽根を押すと動くのだ。すなわち、拾った者は家にもちかえって、中庭で興味津々の友だちにみせ、手から手へとまわして遊ぶことができる。

そして爆発。だれかが、またカリルとおなじ目に遭う。

片手か両手の切断、熱風による胸部全体の火傷《やけど》、もっと多いのが失明。なんともやりきれない。

わたしは、外科手術のあとで目ざめ、脚を失ったり腕をなくしたことに気づくこどもたちを、なんども目にしてきた。絶望的な瞬間のあと、驚くべきことに、彼らは気力をとりもどす。しかし、闇のなかで目ざめるほど、耐えがたいことはない。

緑色のオウムは、こどもたちを、永久に闇のなかに引きずりこんでしまう。

絵や彫刻、それに、彩色された石膏像でいっぱいのアトリエにすわりこみ、ネスターにこんな話をしていた。戦争や暴力について、弾圧や自由について、人権について、二人でとりとめもなく語りあった。なにが人間に暴力を思いつかせ、実行にかりたてていくのか？

土地の悲劇や、こどもを学校に通わせたいと願っただけで虐殺されたファンタの農民の話を聴きながら、彼の言葉に、先祖から伝わるペシミズムと、押し殺した怒りや反乱の欲求が混じりあうのを感じていた。

やがて必然的に、思考は、あの遠いアフガニスタンの空に降る、緑色のオウムにもどっていく。ネスターは頭をふり、怒りは哀しみにかわる。理解不能の、理性のかけらもない狂気にむけられたものだ。

これがすべて憎むべき現実であると知りながら、有能で創造力のあるエンジニアが、PFM-1をデザインするため、机にむかって設計図を引いているところを想像してみる。次に、化学者がこまごました爆発のメカニズムを決め、最後はこのプロジェクト担当の満足そうな役人と、認可を下ろす政治家、そして、これを毎日、何千個も生産する工場労働者を思い浮かべた。

残念ながら幻ではなく、みんな人間なのだ。わたしたちや、わたしたちの家族やこどもたちとおなじ顔をもった人々。きっと、朝にはこどもを学校まで送り、道をわたるときは危なくないよう手をとってやり、よその人にはちかづかないようにとか、知らない人からキャラメルやおもちゃをもらってはいけません、と注意したりするのだろう。

そして、勤めに行けば仕事に精をだし、地雷がうまく機能しているか、よその国の子たちはトリックに気づいていないか、たくさん拾っているか、確かめている。多くのこどもが手足を失えば、ついでに視力も失えばもっと、敵は苦しみ、怯《おび》え、その後何年にもわたって、不幸な子たちを養わねばならなくなる。

手足のない、目のみえないこどもが増えれば増えるほど、敵は打ちのめされ、損害を被り、屈辱感に苛《さいな》まれるのだ。

これらはすべて、世界でも文化的といわれる、わたしたちの側、銀行や摩天楼のはざまからつくりだされている。比べてみると、アンデスにはびこる緑色のオウム、ロロの方が、酷とはいえ程度が軽く、より人間的といえそうな気がする。

あれから七年、ムバラクがどうしているかは知らない。その後、世界中でたくさんのカリルに出会い、最後に知りあった子はタッシムという。

アフガン人ではなく一五歳のクルド人で、目がみえず、両手がない。二週間まえに手術をした。ものをつかんだり、ひとりで食事をしたり、煙草を吸えるようにするため、前腕をカニのハサミか中国のお箸《はし》みたいに変形させる、特殊な外科処置だ。目下、身体の新しい形になれさせせ、残った部分をうまく使うことを教えている。

タッシムが、彼の地雷、あのいまいましい緑色のオウムを拾ったのは、マワットの近くの小さな村、辺りを囲む樫《かし》の木の森が、一一月の初雪でいっそう荘厳にみえるころだった。

今のところ失敗ばかりだが、スープをこぼさずにスプーンを口に運ぼうとする様子をみつめている。疲れて、少しフラストレーションがたまり、もう今日は、練習などしたくなさそうだ。

2 逃げまどう観客

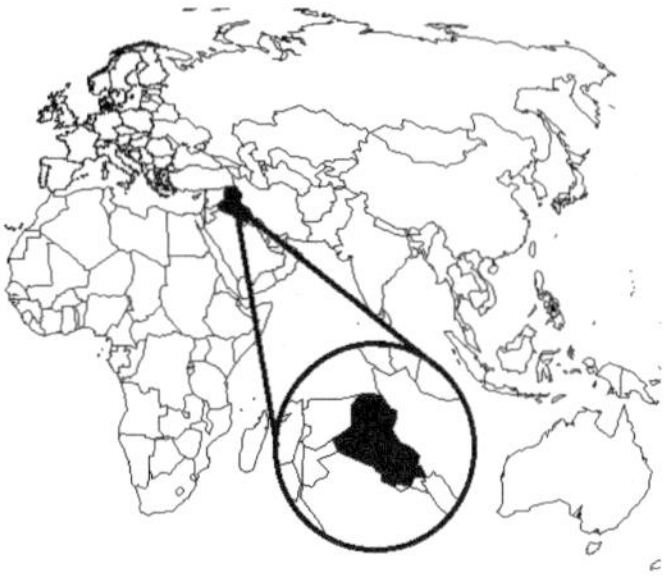

八〇年代、長くつづいたイラン・イラク戦争の時代、三千メートルを超すハジ・オムラン山脈のせまる国境付近は、世界でも最も恐るべき戦場といわれていた。戦いの舞台で命を落とした数えきれない兵士たち。そのほとんどは、残酷な場面《シーン》を演じた俳優というより、ただの操り人形にすぎなかった。

彼らの銃やヘルメットは、今でもチャ・イ・ジルマン山の斜面に、不発弾とともにころがっている。イラン軍は、イラク軍が退却するたびに占領地に地雷をまきちらし、イラク軍も、敵軍の撤収のたびにおなじことをした。

それが戦争というものだろう、すくなくとも、イラン・イラク戦争はそう教えてくれた。しかし、この山なみを訪れ、破壊された村や家屋の残骸が散らばる谷間を登り、シヴァラスやラヤット、ビンクロウやショーマンの街をとおりすぎるとき、この戦いの地は、クルド人の土地でもあると気づかされる。
クルディスタンは地図には載っていないし、歴史の本にもわずかしか記述がない。国連の立派なビルのなかにもクルド人の席はないし、彼らを代表する者もいない。姿なきもののように、その存在は政治や年表から除外されてきた。

しかし、彼らは実在する。ここにいるのだ。国境の一方の端からもう一方の端までつづくこの山岳地帯に住み、固有の言語を話し、カラフルな民族衣装を身にまとって、手に手をとりながら円を描いて民族舞踊を踊っている。最前列のひとりは、白いハンカチをひらひら回しながら。

クルドの人々は舞台の観客でいるはずだった。ところが、そのときどきの勝者に翻弄《ほんろう》され、爆弾や化学兵器を免れるため、追い込まれた狩りの獲物のように、いくども逃げまどわねばならなかった。

みんなが逃げきれたわけではない。四千にものぼるクルドの集落が砲撃や空襲で破壊され、たくさんの住民が犠牲になった。辺りの谷間の村々では、かりだされた八千人の男たちが行方知れずのまま、どこで殺されたかもわからず、女たちは黒いヴェールをかぶった仮そめの寡婦の姿で、あてもなく何年も、夫の帰りを待ちつづけている。

住むところを追われ、逃げ場をもとめるたび、山のなかに避難するしかなかったのだ。

可能なときには、家を守るために銃をとった。一九九一年、サダム・フセインの軍隊が、「クルド問題」に決着をつけようとして、激しい武装抵抗勢力に直面したときもそうだ。イラク軍は退散するしかなかった。そのとき、サダムは言ったものだ。「移動はしたが、わが軍はまだあの地に残っている」

あの地方の丘や田畑、水くみ場や墓地、瓦礫《がれき》と化した家屋の上にまでまきちらした、何百万個という対人地雷のことをほのめかしたのだろう。もとどおりの暮らしができないようにしたのだ。けれど、クルド人はまだその場所で生きている。ショーマンでも、ふたたび街の建てなおしがはじまった。石造りの建物には、太い枝を藁《わら》で結わえた屋根がかぶせられ、表面が土で覆われた。地雷でいっぱいの土地でも、ときに高すぎる代償を払いながら、耕作がはじまった。

専門家はこんな暮らしを生存経済と呼ぶ。冬には零下二〇度にもなるこの地方では、料理をしたり建物を建てたり暖房をしたりするのに木材がいるし、飢えた家族を養うには土地を耕し、人間が死なないためには動物を食べるほかない。だからこそ山に入り、毎年すこしずつ高いところまで登って、ヘルメットや不発弾のあいまの植物を切り、小川のちかくに穀物を育てるための平地をさがすのだ。こうして、貧しい民は、目にみえないサダムの軍隊に吹きとばされながらも、死にものぐるいの営みをくりかえしている。

クルド人には不幸な呪いがとり憑《つ》いているのだろうか。じわじわとつづいた大量殺戮がおさまったかにみえ、平和とまともな暮らしの可能性が垣間みえるたびに、希望を打ち消すようなことが起こり、彼らを居住区に押しもどしてしまう。

世界の権力者や国際外交から長いあいだ無視され、ときに裏切られ、全体主義の政体に支配され、そのつど、多くの命をうばわれる危険にさらされながら、自分たちの土地で無法者としてしか生きられなくとも、一九九一年の反乱ののち、今いちど、彼らは希望を抱きはじめていた。湾岸戦争からぬけだしたとき、クルド人は自治区という安全圏を手に入れた。友人のファイクは、あの日、こう言っていた。「みすぼらしく壊れて、地雷と貧困だらけでも、この土地だけは俺たちのものさ」

しかし、この言葉すら翻されてしまう。クルド人同士のあいだに新たに起こった悼むべき部族紛争によって、安全圏は侵され、冒瀆《ぼうとく》されてしまったのだ。

村々はどこも、抗争中の勢力のひとつに軍事支配されている。何千という男たちが、肩にカラシニコフ銃を担ぎ、煙草を吹かしながら通りをうろついたり、封鎖地点で野営したりするあいだ、女たちは土地を耕し、山と積んだ薪《まき》を背中に担いで曲がりくねった道を歩いていく。

埋めることのできない溝ができてしまったのだろうか。人々は疑《うたぐ》り深い目でさぐりあい、反対勢力は排除すべき敵になってしまった。「クルド人のため」という大義は消えてしまったようで、いまだ存在もしない国は分断され、安全圏はますますちいさくなっている。

そして、この渦中には、いがみあう勢力をどうすることもできず、仕事や食べ物、学校や病院をもとめながら、どのみち戦いと共存する以外ないのだと、あきらめの境地にいたってしまう人が大勢いるのだ。

※クルド紛争――クルド人はイラン、イラク、トルコ、シリア、ロシア南部の広域に住む遊牧民族だが、現在は大部分が定住生活を送っている。居住地域のクルディスタンには油田があるため、利権を握る周辺国に独立を阻まれてきた。一九八〇年代、イラン・イラク戦争中にイラク政府に対して武装蜂起するが失敗。イラク軍は化学兵器を用いて領内のクルド人掃討作戦を決行、続く湾岸戦争でも大量虐殺が行われたが、九一年国連の保護下で自治区を形成。自治区内の党派間闘争にイラク軍が荷担するなど、政情は安定していない。

3 絵はがきの祈り

四月四日。ここ、ショーマンの高台には、芥子《けし》やチューリップの咲きみだれる原っぱに、ごつごつした石が突き立てられただけの墓地がある。独立戦争の犠牲者が淡々と並ぶ、ボストンスタイルの墓所に似ているが、ずっとつつましい。そして、墓地にも地雷が埋まっている。いろんな人から、水くみ場や墓地に地雷をまくのは、この地方ではよくあることだと聴いた。人々が足しげく通うことが、容易に想像できるからだ。水くみ場には生きるために毎日、墓には親しい者の死後ずっと通いつづけるが、そこで自ら天に召されることもある。

墓地では地雷の撤去作業がつづいているが、なかなかはかどらない。村人にとって、地雷や不発弾は死をもたらすものなのに、一方で生き残りの手段にもなっているのは、痛ましい皮肉である。たとえば、ヴァルマーラ６９という地雷には軽アルミニウムのシリンダーが含まれていて、市場では一ドルの値打ちがある。そのため、墓地のすぐちかくで、四人がかりで信管を抜こうとするのだ。

突然、バン！　と爆発が起こる。救助は迅速だ。地雷撤去チームが現場から数百メートルのところにいて、四キロ離れた病院まで急いでくれる。

一三歳のジャライは、運ばれてきたときには死体になっていた。四二歳のアサドは胸部を、三八歳のモハマッドはヴァルマーラの破片で一〇ヶ所も穴のあいた腸を、緊急手術した。一六歳のオマールは片足を吹きとばされ、深い傷を負っていた。地雷を起爆させたのは彼だろう。

手術室に入る順番を待つあいだに死んでしまった。

二人の重傷患者は合併症もないし、助かりそうだ。差しひき、一ドルのために二人が命を落としたことになる。人ひとりの命が千リラにも満たないなんて、命をかけがえのないものだと頑《かたく》なに信じる者にとっては、とても受けつけられない値段だ。


四月五日。病院にハイダーが運ばれてきた。シディカンの谷間の山村からショーマンまで、車で三時間かけてきたのだ。谷にはちいさな診療所があって、数週間まえに看護師たちが訪れていたが、医師は同行しなかった。

ハイダーは一四歳、スタッフがもちこんだ伸縮性の包帯と点滴をみて、シディカンからとわかった。右足は膝《ひざ》下まで包帯でぐるぐる巻きにされている。ヤギの群をつれて、山の牧草地へむかっていたそうだ。踏んでしまう寸前、一瞬、地雷をみたという。すぐに手術を開始するが、足はどうすることもできない。翌日の処置は、警察署で容疑者の写真を示すみたいに、ずらりと並べた地雷のカタログをみせることだった。

イタリアで多種製造されていた小型地雷のひとつ、VS-50にみおぼえがあるという。「でも、真ん中の黒い栓《キャップ》はなかった」と言いたした。ゴムのプレート板のことで、その部分を踏むと起爆するようになっていた。

運がよかったのだろう。その地雷は裏がえしになっていたから、プレート板がみえなかったのだ。爆発の威力のほとんどは地中に注がれ、少年は片足しか失わなかったのだから。

四月一二日。ハイダーは理学療法を受けている。そのうち義足をみつけてあげよう、そうすればもういちど歩けるようになるからね、と言ってある。やがて、またヒツジを飼うため山へ帰っていくだろう。ほかに選択肢はないのだから。

こんど地雷にあたったら、義足の方で踏むんだよ、と祈るしかない。

四月一四日。五時四五分。親愛なるみんなへ、ミラノで今日からはじまった運動を祝して、メッセージを送ると約束していたね。対人地雷による恐るべき殺戮を終わらせ、たくさんの不幸な人々の苦しみを和らげようとする闘いが、どれほど大切なものか、今いちど伝えるつもりだった。

けれど、この数時間に起こったことのために、それもできなくなってしまったよ。四月一三日一七時。ダルバンディカンにちかいモルッカの村で、三兄弟とその従兄弟、計四人のこどもたちが、家から百メートルも離れていない場所で遊んでいた。ファラド・ハミッドは五歳。バジャ・マジェッドは一二歳。ナシャ・マジェッドは八歳。リファット・マジェッドは六歳。

家にもどるとちゅう、ひとりがイタリア製地雷、ヴァルマーラ69を踏んでしまったんだ。爆発したとき家にいた母親が、こどもたちを応急処置につれてきた。

モルッカはまわりから隔絶された小さな村で、緊急に対応できる交通手段はない。こどもたちがエマージェンシーの病院に着いたのは深夜で、午前〇時まであと一〇分というころだった。

ナシャとリファットは病院に着いたときには息がなく、どうしようもなかった。バジャは胸部と手足に何ヶ所も傷を受けていたが、命の危険はない。ショック状態に陥っていたファラドを、すぐに手術室に運んだ。ヴァルマーラの金属片が刺さって、気管と肺、それに胃と腸にも穴があいていた。手術は三時に終わったが、容体は予断を許さない。

四時四五分、ファラドはふたたび目覚めることなく、息をひきとった。

と、いうわけだ。疲れと怒りで、今はこれしか言葉がでてこないよ、「もう、たくさん！　いいかげんにしてくれ！」みんなへ、愛をこめて。

日々起こる生と死の物語。それを風変わりな日記としてとどめておきたいと思っていた。けれど、できない。書いたものは生気を失い、どの物語も先に起こった話に似ていて、明日書くはずの話がもうわかってしまう。言葉は、ただのメモや記号や技術的な用語になってしまうのだ。

結局、日付と名前、年齢、性別、傷の種類を一覧にして、ミラノにファクスすることにした。

そのリストが『クルディスタンから挨拶《あいさつ》はありません』という絵はがきになったと聴いた。まだ遠い話だが、いつかこんなことを書く必要がなくなるようにと、悲痛な祈りをこめたものだ。

イタリア製対人地雷の撲滅をもとめ、数えきれない人たちが、このはがきを共和国大統領に送ったという。

4
夜な夜な
ピンク・ウォードで

ピンク・ウォードは大部屋だ。パキスタンのクエッタの病院でいちばん大きな病室で、四〇床あるベッドはいつも満床、扉にはどこかの大広間のように、趣味の悪いバラの花が描かれている。あの一二月の晩、手術室をでたのは一〇時すこしまえだった。コペンハーゲンからきている、やせでのっぽの優秀な麻酔専門医、ピーターがいっしょで、例のごとく、家でパスタでもどうだい、という誘いにのってくれた。わたしたちさすらいのイタリア人にとって、パスタは、異なる文化や伝統をもつ人々とつきあったり、わかりあったりするとき、頼りになる手段、いわば貴重な武器なのだ。

その夜は、二人とも当直ではなかった。

病院をでるまえ、ピンク・ウォードに寄って、その朝手術した患者の容体をみていくことにした。夜勤の看護婦に、問題はないか確認しておく方がいい。

病院への道は、数百キロ東のアフガニスタンとの国境へむかう幹線でもある。そこから負傷者も運ばれてくる。この道は、夜間は暗いうえに交通量が多く、ライトを消したまま飛ばしてくるトラックと、はちあわせる危険もあった。半時間後に、また病院にひきかえすような事態はさけたかった。

いつものように、大部屋の灯りも消えている。しかし、ピンク・ウォードのなかでは、なにか異様な気配が感じられた。

ちかよってみる。

頭に空気でふくらんだ透明のビニール袋をかぶせ、首のところを点滴のチューブでしばっている。ピーターが迅速に反応。ビニール袋をひきはがし、結びめをほどいて、助けを呼んだ。

やっと懐中電灯がくる。

頭と目に包帯を巻いた男の子は、顔面蒼白で意識がなく、呼吸も止まっていた。酸素ボンベがとどいて、ピーターがすばやく蘇生させる。わたしは混乱したままだ。

モハメッド・アブドゥラは呼吸をとりもどし、数分後には意識ももどった。

カルテにさっと目をとおす。三日まえにこの病院で手術をしていた。「砲撃による損傷」で、彼の住むアフガニスタンの村が爆撃を受けたときに負傷、頭部、胸部、顔面にたくさんの金属片を浴びていた。

片目は完全につぶれているが、もう一方の目は回復の見込みがありそうで、カルテには「眼科専門医を呼ぶこと」という記述がある。この一帯をまわり、五、六日おきにクエッタに立ちよる専門医がいた。ほかには、必要に応じて数種類、抗生物質や痛み止めを処方するように、と書いてあるだけだ。

なんて愚かな！

三日間も目に包帯を巻かれたままの少年に、だれひとり話しかけもせず、今に治ってまたみえるようになるから……とも、言ってやらなかったのだ。嘘だっていい、あんな状態のときには助けになるし、むちゃな気を起こすことはなかったかもしれないのに。

病院には毎日、二〇人ものけが人がくるのだから、やることが多すぎるのは確かだが、そんな言い訳はきかない。まずわれわれの責任だ。いや、正確にいえば、わたしの責任だった。

夕食をとる気は失《う》せていた。早々とベッドに入ったが、眠ることもできず、モハメッドのことを考えた。

この三日間、どんな気持ちでいたのだろう？　砲弾が炸裂《さくれつ》したとき、あの子は家の中庭にいたというから、たぶん遊んでいたのだろう。そのときから、なにひとつ目にすることもなく、暗闇のなかを、ひとりぽっちで、よその国にきているのだ。

ここにくるまで何日も、夜とおなじ闇のなかで考えつづけたのだろう。モハメッドは受け入れられなかった。そして、他のたくさんのこどもたち同様、暴力と貧困のなかで育ってきた、一二歳のアフガン人の男の子は、死ぬと、いや自ら命を絶つと決めたのだ。何十年もつづく爆撃で引き裂かれた村や家のまわりで、あの子たちは、数えきれない死人やけが人をみてきている。人生がこんなものなら、生きる価値なんかない、モハメッドはそうつぶやいたのか。そして、ビニール袋で首をくくってしまったのか。

それなのに、彼を診た外科医は、自分でベテランだと思っているくせに、こんな事態を予想もできなかったのだ。傷が化膿《かのう》するよりよほど深刻なことなのに。

しかし、モハメッドはどうしてあんなことができたのだろう？　包帯を巻かれたまま、どうやってビニール袋をみつけたのか？　あれは手に火傷《やけど》を負った患者が、傷を外気からまもりながら、腕を動かしたりリハビリしたりするのに使うものだ。それに、ひも代わりに使った点滴のチューブは？　モハメッドには点滴はしていなかったのに。

あそこにいるほかの患者か看護師にでも頼んだのだろうか。だれか、彼を手伝った者がいるのではないかと思えてきた。

それが悪夢に変わっていく。夜な夜な、病院ではわれわれが想像もできないようなことが起こっていて、患者たちが白衣を着て医師になりすまし、ほかの患者を殺したり、自殺の手助けをしているのではないか……。

窓がすべて閉めきられ、むりやりベッドに寝かされた病人でいっぱいの、真っ暗な大部屋にいる夢をみた。空気が薄い気がして、呼吸は浅く重く感じられ、額には汗がにじんでいた。

二日すれば、眼科専門医がくるだろう。診察の後、「片目は望みがありそうですね」とは言うものの、確信はなさそうだ。いずれにせよ、目の手術のため、モハメッドを別の病院に移すことになる。

頭にガーゼを巻かれた、やせっぽちで縮れ毛の男の子は行ってしまう。救急車までは、看護師が付き添っていくだろう。

そばをとおりすぎても、彼にはわたしはみえないし、わたしも視線を上げることができない。

5 ブーゲンビリアの花の街

ルワンダは瀕死《ひんし》の重傷だ。かつてアフリカのスイスと呼ばれた国で、ブーゲンビリアの咲き乱れる別荘やレストランが建ちならび、教会や大使館のある首都キガリは、ジュネーブかローザンヌにたとえられた。貧しい地区までが清潔で、それなりの品位をたもっている。すくなくとも豊かな地区に暮らす外国人は、そう認識していた。

ところが、今や、キガリは腸《はらわた》をぬかれたも同然で、虐殺や略奪の跡も痛々しい、亡霊のような街と化している。多くの人が命を落とし、残りの人々は周辺の丘陵地に姿を隠した。この街では、だれの目にも怯《おび》えが、いや恐怖が宿っている。なにを怖がっているのか？　旧体制下で組織された民兵は、手を血の色に染めたまま首都を去っていった。街はまもなく、別の兵士たちに占拠されるだろう。生き残った者が安全だと言えるだろうか？

敬虔《けいけん》なカトリック教徒の多いルワンダに、なにが起きているのか？　九時のミサからでてきた信者が、一一時のミサにむかう信者をナタで八つ裂きにするのを、だれも止められなかったという。首都の市街からいくらも離れていないところに教会があったため、山と積まれた死体を焼きはらい、ブルドーザーで引きずりおろさねばならなかった。これは、何千という人々が葬られた、溝のような共同墓場のひとつにすぎない。

買いだめをするため、ジープですぐちかくの国、ブルンジのブジュンブラを訪れた。そこで、ベルギー人商人と知りあう。だれかと話をせずにはいられないと、わたしのテーブルに同席してきたのだ。

数日まえに、二〇年暮らしたキガリから脱出したという。まだショックからさめやらぬ様子で、首をひっきりなしにふっては、「なにが起こったんだ？　いったいなにが？」と、しつこくくりかえしていた。

ムッシュー・ジルベールは、多くの人のように、自分の目でみたことを信じられないでいる。フツ族とツチ族の抗争。片方の部族を優遇した植民地政策によって、特権的ポストや社会権力が占有されてしまい、何世紀にもさかのぼる部族間の対立が激化していた。化膿《かのう》した古傷はなかなか癒《い》えない。

すべてが現実である。そして、虐殺はこれが初めてではなく、おなじ理由で過去にも起こっていた。しかし、今回は事態がちがう。仲をとりもつ者はなく、ただ軍と兵士と政府が存在するだけだ。

ラジオは人民に殺戮《さつりく》をうながし、敵の部族を一気にやってしまえとそそのかす。ルワンダの人々は、催眠術にでもかかったように、死のメッセージに耳をかす。異なる部族の父親とのあいだに生まれたからと、こどもを殺す母親もいた。

より多くの人が力を合わせなければ、一日に一万人もの虐殺はできない。ナタや銃をもっていても、それだけでは技術的にも不可能だろう。軍隊だけでやろうとすれば、困難で時間のかかる「作業」になるはずだ。

「ツチ族は、ヨーロッパの植民地主義にささえられながら、長いあいだルワンダを支配してきた。カーストでいえば特権階級で、プレステージの高いポストや社会権力は、彼らが独占してきたんだ」。ムッシュー・ジルベールは、夢遊病者のように、心ここにあらずといった面もちで機械的に語る。

「あれはブーメラン現象だ。行政のポストでフツ族を受け入れたのは、教職だけだった。前世紀のあいだもずっと、国家権力は、教師をレベルの低いとるに足らない職業とみなしてきたんだ。フツ族の者にとって、教師より上はなかった。そして、何年ものあいだ、学校では、少数の特権階級が主要ポストを独占している事実と、反乱の必要性が説かれてきた……」

エマージェンシーのチームはウガンダを横ぎる長い旅をへて、キガリまでやってきた。だが、仕事にとりかかり、負傷者の治療をはじめる場所をさがせる状態ではなかった。

とはいえ、寝る場所をみつけたり、食べ物や水など必要なものを入手するという、現実的な問題を解決しなければならない。

手ごろな家をもとめて、市街を一周した。なにもかもが壊され、電柱はバリケードにするため倒されている。人はほんのわずか、ほとんどが武装して、交差点で見張りをしている。

家のまわりの柵《さく》は引きぬかれ、門は横だおしにされて、情け容赦なく組織的な略奪が行われていた。住んでいた人々は逃げだし、やがて、だれもいなくなると、フツ族の軍隊がやってきて作業を開始するのだ。

人がいないわけではない。なかには、キガリの街の新たな主や、逃亡者の家族が住みついている家もあった。しかし、取り締まりのきかない火事場泥棒まがいの盗賊がうようよいて、ここに居をかまえるのは危険だった。一軒の家を勝ちとるのに、多くの者が力ずくになり、ときには殺人すら辞さないのだから。

三日間、かつて国連の建物のあった場所に野宿しながら、調査をつづけた。

午後五時になってもまだ街をうろついていると、このルワンダのど真ん中では、訊《き》かれるはずのない質問をあびた。「すみません、ストラダ先生じゃありませんか？」

何年もキガリに住んでいる、ジャンカルロというイタリア人の薬剤師だった。わたしをなんどかテレビでみたことがあるそうで、すぐに、自分の家に招いてくれた。

「でも、五人もいるんですよ！」

「だいじょうぶ、なんとかなりますよ」

ありがとう、ジャンカルロ。

家は大きく、庭にうっそうと茂る樹木に隠れて通りからみえなかったのか、略奪の被害は一部分にとどまっていた。とはいえ、庭では、キガリを血に染めたゲリラに、見張りふたりが殺されたという。

彼らは、このアフリカのスイスの、木立と花々のあいだに埋葬されている。

※ルワンダの内戦――ルワンダではベルギーによる植民地時代、少数民族のツチ族を重用する分断統治政策がとられたため、一九六二年の独立以降も多数民族のフツ族との反目が根強く残り、両民族間で復讐行為の悪循環が続いた。九四年、ハビャリマナ大統領（フツ族）機撃墜を機に内戦が再発、激化し、五〇～一〇〇万人のツチ族およびフツ族融和派市民が虐殺された。同年七月にはツチ族の政権が誕生、報復を怖れたフツ族難民が隣国へ大量流出し、深刻な国際問題となったが、現在はその大部分が帰還、政府も民主化政策をとっている。

6 親子のきずな

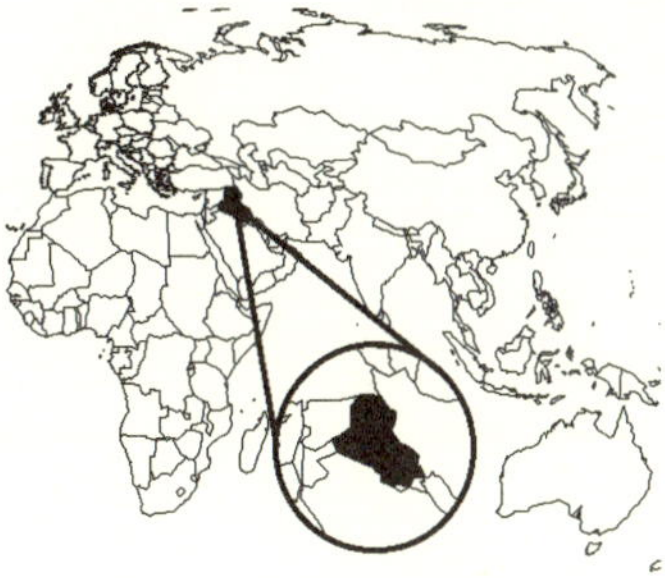

シヴァラスは、イランとイラクの国境に近いちいさな村だ。石造りの建物に、木の枝と木材を絡ませた屋根をかぶせて土で覆った家が、三〇軒ほどある。屋根の上には草が生え、雌鶏《めんどり》やガチヨウが遊んでいる。そして、ここにはオマール・ムスタファとその家族、妻と五人のこどもたちが、家畜といっしょに住んでいる。

谷間の村は、冬には凍《い》てつく風に吹きさらされ、五月半ばまでは雪に覆われる。一九八八年に終わった血みどろの戦争の傷跡が生々しく、村全体が大きな墓場のようにもみえ、無数の不発弾やスクラップになった軍用車がころがっている。爆破された家々の残骸を利用して、貧しき民は、また新しい隠れ家をつくっていた。

ショーマンの病院は、この村から二〇キロほど下の谷にある。

オマールは二月の初めに病院にやってきた。息子の一人、アサドをともなっている。

アサドは一一歳になる。八歳のとき、国境付近にたくさん埋まった地雷のひとつが炸裂《さくれつ》し、右足を腿《もも》まで吹きとばされていた。二匹の牛を家につれかえるとちゅう、国境を越える密輸業者のとおる獣道から数メートルの草のなかに、地雷があった。踏みつけるまえ、一瞬、それが目に映ったが、もう遅かった。

大きくなったアサドは松葉杖が合わなくなり、まっすぐ歩けなくなったようだ。賢そうな目、歳より大人びた深い瞳をしている。

松葉杖の保管場所についてくるよううながした。すると、後ろをふりむいて、父親のところにもどっていく。父親は息子の肩に手をかけ、木の杖をつきながら後をついてくる。わたしたちは、そのとき初めて、オマール・ムスタファが目がみえないことを知った。

彼もちいさなアサドとおなじように、以前、地雷をみつけたのだ。顔面と眼球に金属片を浴び、一一年まえから息子たちの成長をみられなくなっていた。

医学的な記録を残すという理由でもなければ、患者の写真を撮らねばと思うことはあまりない。しかし、アサドと父親の場合はちがった。苦しみのきずなでつながれた優しい親子の姿を残しておきたくて、シャッターを切った。

親から子へ、遺伝でもするように伝わってしまった、対人地雷というこの新種の衝撃的な「病症」を記録していた。

アサドと父親は、ウシやヒツジのことや季節の掟を知っている。しかし、戦争や地雷や起爆装置のことはなにも知らないし、自分たちがだれのおかげで不幸を被ったのかも知らない。

こうして、父親に起こり、息子にも起こったことは、孫にも起こるのかもしれない。

こんな残酷な災難が、いつまでつづくのだろう？　イラク領クルディスタンには、一人あたり三個の地雷が埋まっている。

アサドは新しい松葉杖を試し、わたしたちは、滑らないよう杖の先にゴムのキャップをつけてやった。身体を曲げずにすばやく歩けるようになって、満足そうだ。

足の不自由な盲導犬が目の不自由な人を導くように、父親に右肩をかしながら去っていく。家畜の世話ができなくなってからは、これが、家族のなかで彼に課せられた役割なのだろう。

今のところ、わたしたちには新しい松葉杖しか提供できないが、いつかあの子の胸を喜びでいっぱいにすると約束した。

その夜、わたしたち外科チームは集まり、整形外科とリハビリテーションセンター設立の可能性について話しあった。義足を製造し、現地の人々にその技術を教えるのだ。多くの人の人生が変わり、自分がもっと役に立つ人間だと感じられるようになって、それから……。

こどもが盲導犬の役目をするなんて、納得がいかなかった。

二〇年後、アサドの息子を待っている運命についても、話をした。この連鎖を断ち切らねばならない。

よく言うように、約束するのはたやすいが、なかなか果たせるものではない。だからといってしないのか？　そうやって逃げるのはもっと簡単だ。約束は義務であり、走りつづけるということは、やってきたことに胡座《あぐら》をかかないということだ。新しい責任を負って、努力をうながし、新たなエネルギーをみいだすのだ。

六ヶ月後、アサドに再会した。あいかわらず、かたわらの父親に肩をかしながら道ばたを歩いている。わきを通りかかったので、車を止め、親しみをこめて言葉をかけた。片言のクルド語を覚えていたので、言葉以外で通じあえないものかと思う多くの人たちとも、挨拶なら交わすことができた。ドン・ミラーニ（一九二三―六七。裕福な家庭に生まれながら、貧しいこどもたちの教育に身を捧げた高名な神父）はなんと言ったか？　言語はひとつ完璧に話せるより、へたくそでもたくさん話せる方がいい。以前は、うすっぺらな完全主義からそうは思わなかったが、何年も世界を放浪し、いろんな出会いを経験してからは、考えが変わった。

挨拶がひととおりすむまで二、三分かかる。クルド語の「ハル・バジェ」は、「いつまでも生きていて」という意味で、「ハロー」より、ちょっと素敵だ。アサドは、わたしといっしょにいたクルド人医師、モハマッドの方をむく。しばらくのあいだ、二人は低い声で話していた。通訳はいらない。いつ約束を果たしてくれるのか、訊《き》いているのがわかった。

目が合ってしまった。疑《うたぐ》り深そうな瞳でみつめられ、ひどくどぎまぎした。むだな希望をもたせるため、われわれが嘘をついたと思っているのだろう。

けれど、リハビリ・プロジェクトのための資金集めや、イラク北部に義足製造の機械設備や材料をもちこむたいへんさを、どう説明すればいいだろう？　心ある人はたくさんいるけれど、必要なものも多いのだ。彼がふたたび歩けるようになるまでには、スポンサーをみつけ、署名活動で声をからさねばならないのを、クルドの男の子はわかってくれるだろうか？

「忘れちゃいないよ、アサド。来年にはね」。もう、クリスマスがせまっていた。

あの子のためにも、ほかに待っている多くの人たちのためにも、ほんとうに実現させたいと思う。その夜、ミラノの本部にファクスを送った。「みんな、毎日、毎日、要求ばかりですまない。だが、またこの頭のおかしな、お人好しで大げさなやつらの賭《か》けにのってもらえないだろうか？　いつだって、最初は不可能に思えたじゃないか」

これで気分がよくなった。あのファクスを最初にみる者があきれはて、憤慨しながら他のメンバーに話をする表情を想像すると、愉快な気持ちで眠りについた。

「もう、いいかげんにして。今動いているプロジェクトを前にすすめるお金もないっていうのに、新しいことのために、また資金を集めろですって」。めがねをはずしながら、マリアンジェラは鼻息を荒くするだろう。彼女は、信じられないことに、無休で働いてくれるマネージャーだ。エマージェンシーと知りあうまえは、ようやく年金生活に入れると思っていたのに、今や一日一

〇時間労働と夜の悪夢を背負いこんでいる。

本部では、数時間のあいだ、だれもが無言になり、ひとりひとりが自分の資質や能力と照らしあわせながら、なにができるか考えるだろう。けれど、きっと夜になるまえには、赤ワインの栓をぬいて、未来のリハビリセンターのために乾杯するに決まっている。そして、いつかアサドも立派な家族の一員になる……。

ハル・バジェ、アサド。きみに、今よりほんのすこし、いい人生が訪れるように。

7 妄想の香り

キガリの病院はもぬけの殻だ。ここにも軍隊が入り、虐殺を敢行していた。患者も医師も看護師も、ほぼ全員が殺され、逃げおおせた者はごくわずか。その後、病院は兵士の宿舎となったが、そこを別の兵士たちが爆破しはじめた。しまいには、略奪と逃亡。

わたしたちは病院の機能を復活させようと決めた。ここには必要だ。さしあたってメンバーは五人、そのうち新たに加わる者もいるだろう。病室の残骸や人の痕跡、無数の弾丸や血で汚れた布きれ、ひどい臭気、壁には死臭が染みついていた。

手術室部分の天井は、大砲にやられてぱっくり裂け、設備や器具も破壊されている。診察台には最後の不幸な患者の血痕がのこり、手術中に使われた点滴のボトルが、半分空になったままぶらさがっていた。半ば焼けこげた手術の記録簿からは、患者の名前も手術の内容も読みとれなかったが、この人が、運よく麻酔の効いているあいだに死ねたことはわかった。

「どこからはじめたらいいんだ?」ひとまわりしたあと、力なく口にしていた。その夜、とにかく手術室と外科病棟を優先させよう、と話しあった。

翌朝、作業を開始。病院の中庭にとめた車に目をひかれ、なにがはじまったのかとみにくる者がいる。いい具合に人集めができた。

「ここで働きませんか?」清掃とか瓦礫《がれき》やゴミを運びだす仕事だ。報酬として、乾パンや砂糖や缶詰類など、食料をいくらか提供できた。

こうしてひと部屋ずつきれいにしていき、使えるものと捨てるもの、いや、危険を避けるため焼きはらうものとに仕分けした。壁や仕切りを洗い流したり、くずれおちた建物の梁《はり》や瓦《かわら》を使って、天井を修繕する者もいる。

外科病棟のまえの庭には、臨時の焼却炉となる穴を、ふたつ掘った。

昼下がりに、最初の「犠牲者」がでた。手伝いの一人、アウグスティンがゴミの山のなかに、無謀にも軍服とまだ弾の詰まったガンベルトを投げこんだのだ。火を噴いたときは、すばやく地面に伏せなければならない。三六〇度四方に弾を撃ちまくる機関銃のちかくにいるようなものだ。アウグスティンは片足に灼熱《しゃくねつ》の薬莢《やっきょう》を浴びてしまった。

どうすることもできず、頭をかかえたまままたっぷり十数分、予定外のお祭り騒ぎが鎮まるまで、じっと地面に横たわっているしかない。

掃除とゴミや瓦礫の処理に二週間かかった。その間、医療器具を再生したり、手術室の大きなライトを直したりしたが、五時間もかかったあげく、キガリには電気もとおっていなければ、発電機のための燃料もないことに気づくという、間の抜けたこともあった。

怒り少々と多大なるフラストレーションをためながら、何日も作業をつづけたのち、手術室と外科病棟の準備はほぼととのった。病院の開業式や外科医療の再開を告知する必要はない。タムタムを叩くように伝言ゲームがつたわり、けが人がつめかけてくる。

五人、一〇人……。結局、開業初日に訪れた患者は一七人を数えた。

翌朝、一日のはじめ、病院にむかう車中で、数日まえの間抜けさが一過性のものではないと思い知らされる。「おい、患者になにを食べさせる?」そうだ、うっかりしていた!

キッチンのことをだれも考えていなかった。三時間後、ふたたびみんなで集まって地面の一部を平らにならし、薪《まき》で火をおこして、大鍋で米と豆を煮た。すこし偏見がかった漫画のシーンのようで、コロニアル風の帽子をかぶった白人の探検家が、鍋のなかで顔をしかめながら「もう煮えすぎだぞ」とでも言いそうだ。思わず吹きだしてしまう。やがて改善されたが、はじめの数日は、食器もそのつど、缶詰の空き缶でつくっていた。

外科病棟が動きはじめて一ヶ月ほどたち、負傷者の数はどんどんふくれあがっていった。いちばん深刻な問題、水と電気は未解決のままだ。

そこへ、希望をもたせるような知らせがとどく。まもなく、アメリカ人のボランティアグループがやってきて、彼らも病院で働くというのだ。もっとうれしいのは、医薬品やガーゼや包帯、そして、希望的観測では、神の恵みのつまった貨物便がくるらしい。

このニュースにうきうきしていた。すくなくとも、待ち望んだ「援軍」が燃えるような赤い小型バスに乗って到着するまでは。チェックのソックスをはき、首からカメラをさげたこの老人たちは、観光客のようにみえた。ばらばらと病院にやってきたが、なにをしたいのかよくわからない。援助物資をつめこんだ「銀河《ギャラクシー》」という名の貨物飛行機から降りてきて、積み荷をみせてくれる。「役にたつものはなんでももっていってくださいよ、飛行機が、丸ごと野戦病院になっているんです。一週間すれば、もう一機到着しますから……」

みにいってみた。

「野戦病院」の中身は、軍の放出品を扱う店で、懐古趣味の収集家に、ひとつひとつ売りさばくにはいいかもしれない。いちばん新しいのが、五〇年代の代物だった。

うろたえながらも、「人道援助」のためと吹聴して、役にたたないがらくたを厄介ばらいする、ずる賢い者たちのことを思った。

びっくりは、まだつづく。なにか使えるものはないかと、箱をさぐってみたところ、次々にでてきたのは、壊れかけのプラスティックの人形、賞味期限の切れた粉ミルクのタンク、古いバスケットボール、そして、香水の「妄想《オブセッション》」が二箱！

香水？　こんなものをアメリカから運んできたのは、ルワンダにとり憑《つ》いた悪夢のような悲劇を想起させる名前だからか？　次の「銀河」は行き先を変更してほしいと思いながら、イヤな気分でその場をあとにした。

8 バザールの魔法

初めてのクエッタ。

クエッタは、パキスタン西部の国境にちかい大きな州、バルキスタンの州都である。ここには、アフガン戦争で負傷した人を治療する、国際赤十字委員会の病院があった。赤十字の病院はもうひとつ、パキスタン領内を国境に沿ってさらに北へあがった、ペシャワールにもある。

ああ、やっと。わたしは長年ここでの経験を熱望し、夢にみたり、想像したり、準備したり、頭のなかでなんども思いをめぐらせてきた。ここにきて、まったく異なる世界で外科医をすることを……。まもなく出発できるとわかってからは、もはや考えるいとまもなく、いろんな証明書や書類をそろえるのに没頭した。

「インシャラー、当機はまもなくクエッタに着陸いたします」。雑音まじりに告げる機内放送を聴いて、ようやく心が踊りはじめる。どんなところだろう？　うまくやっていけるのか？　なにが待っているやら、とにかく知らないことばかりだった。

クエッタは砂漠と山のあいだにあり、何千、何万というアフガン難民の流入で急速に拡大した街だ。狭くほこりっぽい通りには、つぶれた車とラバがひしめいて、台車に座ったターバンの男たちや、煙草を売るこどもたちの叫び声もどこ吹く風、びくとも動こうとしない。そして、アメリカやロシア製の武器をもった兵士であふれかえっている。

この街にはたくさんの、あまりにも貧しい人々がいる。彼らはバザールのまわりの細い路地に折り重なるようにして生活し、眠り、手に入るときには、道ばたで食べ物を口にするのだ。

バザールには、無数の世界が混在している。布地や宝石の店は、カバンや軍の放出品を売る店とおなじ表通りにあって、マンハッタンのミッドタウン、五番街の店なみをみすぼらしくしたようなものだ。

どうしてなのだろう。メインストリートの家賃は高くて、宝石商や貿易商にしか払えないのか？　それとも、人前にみせびらかして自慢したいから、ああいう場所を選ぶのだろうか？

バザールでも、なかの方の店は、かなり様子がちがっている。

ピスタチオの通り、香辛料の通り、車の古タイヤを切り刻んでつくったゴム靴の通り。まだ血の滴るヒツジの頭が熱気とハエのなかにつるされた、肉屋の通りもある。

それから、おもちゃの通りだ。

その店は、ガレージを改造した小さな工房だった。カリル・アブドゥラハムは、ありとあらゆる種類と大きさの空き缶を集めてくる。準備ができたら、それを切ったり曲げたりしてハンダで接ぎあわせ、色とりどりのペンキを塗って……。シチリアのお祭りの荷馬車よりカラフルで素敵なバスとか、黄色いタクシーや機関車が、まるで手品ようにできあがり、カタログのいちばん最後には、白い救急車まであった。

貧しいながらも独創的な工房の主、カリルは、わたしたちの病院で働く、あのきれいでお金持ちの外国人看護婦たちの需要をみこし、救急車の生産はもとがとれるとふんだのだ。

かくいうわたしもがまんができず、ひと月後には、娘のために極彩色のバスを買っていた。

娘は今でもそれをもっていて、ずっとていねいに扱っている。おそらく、あれがただのブリキのおもちゃではなく、その背後には生活があり、世界があり、父親の美しい夢物語があることを、わかってくれたのだろう。チェチリアは、わたしがさまざまな国からもちかえった数えきれないものといっしょに、これからもあのバスを大切にしてくれるにちがいない。

バザールでもうひとつ、忘れてならないのは絨毯《じゅうたん》である。ほこりだらけのガレージに積みあげられていて、店の入り口にいるだれかが、決まってお茶をふるまってくれる。古いみごとな絨毯もあるが、ほとんどは、ひと月まえまで通りの真ん中にひろげられていたものだ。上を車が通れば、すこし色が褪《あ》せてくたびれた感じになり、本来なら時によって醸しだされる品格を、手っとりばやくおぎなってくれる。

なんどあそこでお茶を飲んだだろう。柱廊の中央に噴水と祈りの場所のあるオマールの小さな店で、ブカラの上に座り、チャイをごちそうになった。

オマールは、彫りが深く誇り高い顔立ちをしている。不思議なことに、あごひげも口ひげも生やしていない。頭に巻いたターバンはいつも目がさめるほど白く、彼の清潔な足の爪《つめ》とおなじように輝いていた。オマールは王者のような動作で、おとぎ話か、それともたんなる空想か、車なら二時間で行ける国境の先ではなく、手のとどかないはるかな世界のことを話すような感じで、アフガニスタンを語ってくれた。

わたしのまだ知らない彼の街、カブールのこと、戦争のこと、人々の惨憺《さんたん》たる状況、そして平和への微かな希望についての話だった。インシャラー、アラーの神の思《おぼ》し召しのままに。

おそらくあのとき、ほこりだらけの店のなかで、わたしはカブールの街を愛しはじめたのだろう。そして、あの瞬間から、カブールを空想するようになっていた。二年後、信じられないくらい、夢とそっくりの街に出会うまで。

山に巣くった泥の家には、夜になるとたくさんの小さな灯《あかり》がきらめき、黄色い星は暗い夜空にまぎれて、天の川は覗《のぞ》きこめそうなほどちかくをマントのようにおおっていく。

オマールが語るカブールは、世界でもっとも虐げられ、力で破壊された街だ。そして、考えや感情が、どこか深いところからすばやく生まれ、寒い夜にも戸外にたたずみ壮大な問いかけができる、不思議な街だ。

※アフガン難民──アフガニスタンでは一九七九年から八九年にかけて起きたソビエトの侵攻やその後勃発した内戦を避けて市民が脱出、九〇年までに約六二〇万人が出国して主に隣国のパキスタンやイランに逃れて生活した。四六〇万人以上の難民は帰還を果たしたが、干ばつと地震によってこの地域の死傷者数は増加している。二〇〇一年九月一一日の同時多発テロ以降、アメリカによる攻撃をおそれるアフガン国内避難民が再びパキスタンに押し寄せた。UNHCR（国連難民高等弁務官事務所）の推定によれば、二〇〇一年現在、故郷を離れて生活しているアフガン市民は三七〇万人以上、うち国内避難民は一一〇万から一五〇万人程度であった。

9 冬のコレラ

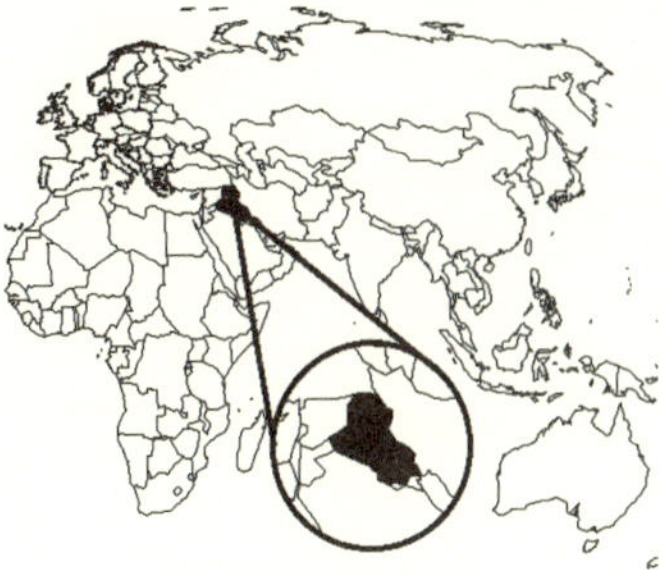

イラク領クルディスタン、スレイマニアにあるエマージェンシーの病院で、作業を終えようとしていた。

奇妙な日々で、なにもかもが気になり、憑《つ》かれたように忙しくしていた。電気のコンセントをとりつけたり、送風扇が必要だったり、圧熱滅菌器を修理しなければならなかったり、放射線を遮断するためレントゲン室に覆いをしたり。

それから、バザールをあちこち駆けまわって、台車やエアコンをさがし、診察台やマットレス、診察着のための綿生地や調理用の鍋類も買った。やるべきことは毎時間ふえていき、夜にはすっかり疲れて、すこしだけ鬱憤《うっぷん》がたまっていた。

ここでは唯一人の集まる国連のバーに行って、一杯ひっかけた方がよさそうだ。と、そこで、フィンランド人医師、アウヴォに会った。彼の名を発音できる者はすくない。EUの人道援助局、ECHOのイラク北部の代表者である。なぜもっていたのか知らないが、辺りを気にしながら、国連の内部書類をみせてくれた。「緊急秘密書類　件名：スレイマニアのコレラによる死亡症例」数日前に起こった、かなり疑わしい死亡例について書かれていた。たいへんな、非常に重大な知らせだった。

コレラの速い伝染力を知っているので、国連の人間がそれを秘密扱いにすること自体、信じられなかった。惨禍を避けようとすれば、時間との闘いになる。

「すぐ手を打たねばならん、ここの病院の実態を知ってるだろ。あいつらが、もしもの伝染に目を向ける可能性はゼロだ。きみたちエマージェンシーで何かできないか？」アウヴォは言った。

翌朝、わたしたちは衛生局長官のオフィスにいた。落ち着きはらって、こちらの心配に驚いたような様子をみせる。ええ、下痢は何件かありましたがね、と認めるが、状況はふだんとなにも変わらないと請けあうのだ。

調子が狂ってしまう。

午後になると、当局が言う「重症の下痢」が一〇例、収容された。不安を煽《あお》らぬように、とくりかえされる。翌朝には、新たに一八例。

サダム・フセインの治めるイラクでは、単純にコレラという言葉が禁じられている。コレラの診断と患者のカルテは、ともに医療編集者の手で消されてしまうのだ。サダムのイラクに限ったことではなく、こうやって世の多くの政治家が、あの衛生局の長官たちのように、自らのポストにとどまっている。

その間にも、新たに二四例が運びこまれ、中央病院は患者であふれはじめた。気温が零下まで下がる一一月の初めにコレラとは。珍しいことだが、ありえないことでもない。

というのも、国連のイラク制裁とイラクのクルド人に対する弾圧で、この地方への貨物流入が二重に禁止されてから、もう四年。ここには、なにも入ってこず、三五〇万人の暮らす居住区の生活条件は、ゆっくり、確実に悪化していた。

道路を補修する手段はなく、電気の供給もなし、学校や病院を暖める灯油もなければ、ゴミ処理もできず、水道システムも壊れ、水は汚染されている。そう、結局、一一月にコレラが発生しても、おかしくはなかった。同様に、国連の責任者が事態を過小評価しようとするのも、おおもとの責任の一端が彼らにあるなら、不思議でもなんでもないのだ。

また二日ほどたち、とうとう衛生総局長、ナウザッド医師が、公式にコレラの伝染を認め、われわれに助力をもとめてきた。

野戦病院を開設するため、空港の不用となった滑走路のある広い草地を選んだ。周辺に地雷がないか確かめて土地をならし、公衆便所を設置、水と電気を引いてテントをたて、医薬品や調理器具、汚染されたものを処分するための焼却炉を準備して、まわりを囲った。

さらに掃除や警備の人間、医師、看護師の配備、病人の運搬システムをととのえる。

三日間、休みなく働きつづけた。たくさんの組織が力をかしてくれ、それぞれの役割を果たしていった。ＥＣＨＯも援助を約束してくれる。

国連は、その立場上、すべてを「行き過ぎ」とみなし、「無駄な不安を煽る」のではないかと案じていた。やがて、職員のあいだに、コレラを回避するための注意事項を記した書類が回覧される。推奨項目のひとつを読んで、目の玉が飛びでそうになった。「一日にビールを二缶飲むこと！」

国連によくいる無知で尊大なタイプ、知らないことは完全に無視してかかる輩《やから》だ。文化のちがいには触れようともしない。国連のクルド人職員は、ほとんどがイスラム教徒のはずだが、コレラに罹《かか》らないためアルコールを飲むよう勧められて、どう思っただろう？

やっと準備がととのい、野戦病院が立ちあがる。無線では、野戦病院はファルコン・ホテルと呼ばれた。ファルコンは、エマージェンシーを意味する無線信号だ。

すでに病人でいっぱいの総合病院から、最初の行列がファルコン・ホテルを目指して発ったのは、夜半ちかくだ。患者をのせ、二五台の車が列をつくった。検問所では驚いて見つめていたが、なにも言わずに通してくれた。

翌朝には、一五隊の移動チームをつくり、看護師が地方をまわって村々の様子を確かめながら、薬や消毒剤を配り、住民に必要な衛生措置を伝えて、軽症者の収容場所をととのえ、重症者は野戦病院へ送った。

さらに数日たち、国連の医療責任者と国際衛生局代表の視察があった。バグダッドからきたという。

真新しい白のベンツから降りてきた二人のうち、一人は、スレイマニアを完璧に封鎖しなければならないとのたまった。街にだれも入れないよう、また、でても行けないようにしろというのだ。もう一人はポリオの専門家で、コレラのことはなにも知らなかった。お二人には、この場から丁重にお引きとり願うことにした。

この急ごしらえの、とても豪華とはいいがたく、石油ストーブがあっても夜はすこし冷える、野戦病院という名のホテルで治療した患者は、二週間で八二五名を数えた。その全員が、自宅にもどることになる。死亡率ゼロパーセントには、みな鼻を高くした。

クリスマスまえには、野戦病院は空っぽになっていた。すくなくとも現状では伝染は収束。六週間の辛い労働だったが、満足のいく結果でみんなの苦労は大いに報われた。

来年の夏、暑さのなかでなにが起こるだろう？　これよりひどい、別の伝染病が流行《はや》るかもしれない。

ファルコン・ホテルは、さしあたって扉を閉めたが、施設はそのまま生かしてある。また二四時間営業にもどせるし、あらゆる可能性に対応できるから。それに、愛着がわいてしまっていた。

10 カブールの赤い空

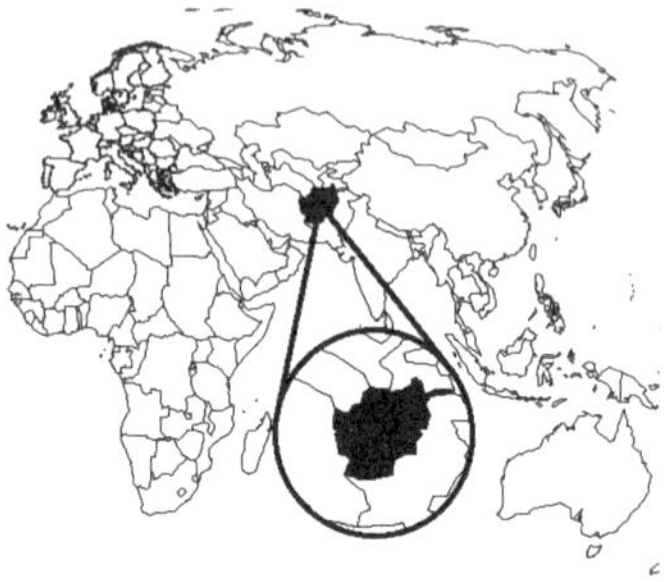

一九九二年、四月二五日のカブール。一〇日もまえから、イスラム聖戦士《ムジャヒディン》はいつ、どんなふうに侵攻してくるだろう、とささやきあっていた。

カブールを平和的に制圧するのか、絶え間ない爆撃で包囲しながら降伏を強いるのか、通りで戦闘がくりひろげられるのか？　最新情報によると、一五キロ離れた空港が、ナジブラ政権の軍人でありながら今はムジャヒディンの側についている、ドスタム将軍の軍隊に占領されたという。カブールの街の通りに人影はすくなく、バザールはほとんど砂漠と化している。多くの人が、これで一〇年以上つづいた戦争の幕が下りると信じ、あるいは願ってきた瞬間がちかづいていた。

戦士の勇気も無自覚さももちあわせない者にとって、攻撃を待ちながら包囲された街にいるのは、怖れと好奇心の入りまじった妙な気分だ。

古い西部劇なら、青い軍服の兵士が、土煙をあげ馬を駆ってくる「赤ひげ」たちを偵察しようと、草原をみつめながら砦《とりで》の斜面を歩くだろう。ここでは「敵」は目にはみえず、狼煙《のろし》もあがらない。けれど、まちがいなく、じきにくるとわかっている。突然、アフガニスタンの新しい支配者と対面するのだ。彼らはどんな反応をしめすのだろう？

予測しようとして、長いあいだ議論をかわした。不可能だ。ムジャヒディンの、おのおの主義の異なるグループの指導者は、わたしたちを自宅に招いてお茶をふるまい、民を治療してくれてありがとうと言える人たちだ。なのに、その翌日、おなじ場所で、救急車が機関銃の弾を浴びることもある。とにかく、どんなことも、可能性は否定できない。

緊張と、歴史的瞬間をまぢかでみられ、よかれあしかれその証人になれるという魅惑とがせめぎあっていた。これが映画なんかではなく、ひどい危険をともなうとわかっていても、ここで一部始終をみてみたいという思いは、みんながもっていた。

午前一〇時、ニュースが駆けめぐる。「自由の戦士」がやってきたのだ。

先頭はトラックと戦車。どの車にも「パンシールの獅子」と呼ばれ、アフガニスタンの革命指導者のなかでもっとも名の知られた、アハマッド・シャー・マスード将軍の肖像が掲げられている。

政府勢力の反撃はみられず、カブール占領はなんの痛みもなく行われたようにみえた。しかし、街を行くムジャヒディン兵士に通りの両脇から声をかけたり、小旗を振る群衆はいない。ちょうど四月二五日（イタリア解放記念日）だからそう思うのかもしれないが、解放者の行進の背後には、喜ぶ市民の姿を期待していた。それがあれば、「アフガンのレジスタンス」と称されるだけでなく、西側マスコミも報道をつづけただろう。

武装した男たちの一団が、あらゆる通りを占拠し、検問所をつくっていた。何百という車や徒歩の武装兵が入ってきて、カラシニコフ銃を振りまわしたり、スローガンを叫んだりしながら、仲間同士で挨拶をかわしている。

どこの軍隊もおなじだが、みんな若くて、カブールにくるのは、きっと初めてなのだろう、これほど大きく、自分たちの村とは異なる街の様子に驚いている。レストランの看板や大使館の立派な建物も、大臣のベンツやわたしたち外国人の顔も、みたことはなかったと思う。

ウズベキスタン人がきている。チンギス・ハーンの子孫といわれ、顔立ちからは、紛れもないモンゴルの血がうかがえる。その気質は頑固で非情、好戦的と評され、彼らもそれを自慢にしている。

ムジャヒディンの別のグループも入場してくる。マスードの軍隊ではなく、戦車には別の紋章と肖像画を掲げている。何年もナジブラ政権と敵対してきた、数多いイスラム原理主義派のものだ。

日が暮れるころにはカブール占領は完了していた。毎夕、ムエジン（イスラム教のモスクで、礼拝の時間を知らせる時報係）たちの哀しげな祈りがモスクを満たす。しかし、この夜の祈りは懇願のように聴こえた。アラー・アクバル、神は偉大なり。それなら、この戦争を終わらせてください、一五〇〇万人が死に、その何倍もの人々が負傷し、手足を失い、五〇〇万人が難民となって、命からがら生き延びているのです。もう終わらせてください！　とにかく、もうたくさんです。ここの人たちがひと息ついて笑えるように、仮の住まいでお茶を飲めるように、ふたたびバザールに集まったり、絨毯《じゅうたん》を織ったりできるようにしてください。ヘリコプターの騒音や大砲の轟音など聞こえない静かな山を、遊牧民のキャラバンが行き交う日がきますように……。

辺りは闇につつまれ、祈りの声は、最初の銃声にかき消された。曳光弾が上がり、赤い閃光が空をつらぬく。勝利を祝う合図だ。

方々で、一万丁ものカラシニコフがいっせいに火を噴き、街は赤く輝いた。わたしたちは、家のベランダから、その光景をあっけにとられながら眺めている。この場にいられて幸せだと思った。

リオのカーニバルや、燃え上がるローマの街を眺める皇帝ネロを想像してみる。戦争ではなく祝祭だった。あの空に魅せられていたが、しまいにはすこし怖い気がした。いつまでも銃声がつづいている……。

無線で病院から呼びだしがかかる。住まいからは一キロの距離だ。車二台に分乗、屋根には大きな赤十字の旗を立て、ライトで照らした。街の角という角には武装した人々がいる。

車を通してくれるが、彼らの目つきは、数日前まで病院につづく橋のたもとを警備していたアフガン兵士とは、まったくちがう。この人たちはわれわれの顔を知らないし、おそらく、ここで、この戦争のまっただなかでなにをしているかも知らないのだ。

応急処置用の大部屋では、こどもが三人、担架の上に横たえられていた。二人は意識がなく、血だらけの髪の毛のあいだで脳の一部がぐしゃぐしゃになっている。彼らもやはり外にでて、おなじように家の屋根の上から勝利の祝祭を眺めていた。空にむけて放たれた砲弾が落ちてきて、バターナイフのように、この子たちの頭に刺さってしまったのだ。

三人を手術室に運んだ。幻覚か質の悪い伝染のように、さらに四人、おなじようなこどもが収容されてきて、ひと晩じゅうそこにいることになる。勝利を祝うため、七人のこどもたちが頭をつぶされた。助かりそうなのは、二人だけ。

ようやく帰宅したのは夜明けで、そのころには、銃声は遠くの方から、ぽつり、ぽつり聞こえるだけになっていた。

怒りと苦々しい無力感。この無意味な悲劇をまえに、すべてを放棄してしまいたくなる。わたしの国でも、大晦日には爆竹で命を落とす者がいるが、それとは別ものという気がする。

また、いつもの朝とおなじように、ムエジンの祈りがはじまる。もうなにもちがわない、平和の兆しも希望の光も感じない。まだ終わってはいないのか？

※アフガニスタン内戦――一九七九年一二月ソ連の軍事介入によりカルマル政権が誕生するが、ムジャヒディン(「イスラム聖戦士たち」の意)が政権およびソ連軍を相手に抵抗を開始、それを西側諸国やパキスタン、イランなど周辺国が物心両面で支援した。政権はナジブラに引き継がれるが、八八年にジュネーブ合意が成立、翌年ソ連軍が撤退すると、支えを失ったナジブラ政権は弱体化。九二年に首都カブールが占領され、ムジャヒディン各派による連立政権が発足するも、ラバニ大統領が任期満了後も政権に居座ったことから、ムジャヒディン同士の主導権争いが激化、アフガニスタンは群雄割拠の内戦状態に突入した。

11 ジョンの死

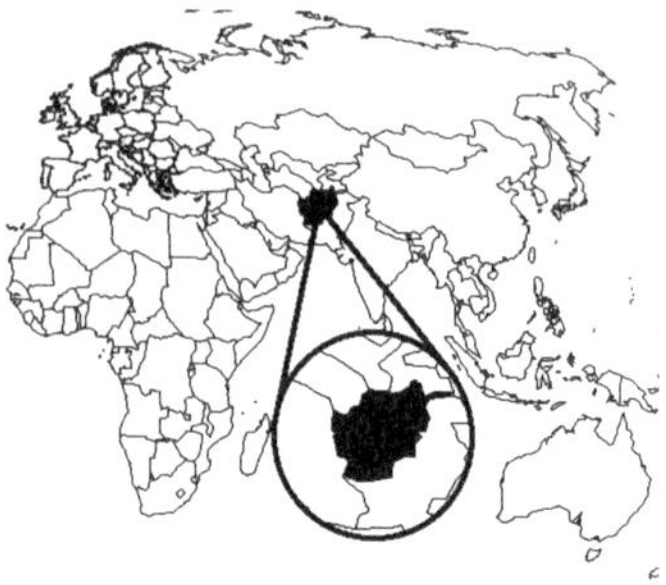

メリヤ、ケイト、エリザベスとだれかもう一人が、黙ったまま、病院の中庭にたたずんでいる。腕を組み、顔をみあわせるでもなく、車にもたれている。

日々のしかかる非常な緊張と恐怖のなか、その場には奇妙な雰囲気がただよっていた。カブールでは銃撃と爆撃が絶えまなくつづいている。外にいるのはとても危険で、機銃掃射や跳ねかえった砲弾でいつやられてもおかしくない。なのに、彼女たちはそこにじっとしていて、辺りで炸《さく》裂《れつ》する迫撃砲の音すら、耳に入らないようだ。街中でもっとも被害の大きい、カルテ・セー地区の家々から煙の柱が無数に立ちのぼっても、目を上げようとしない。

やがて、一人がむせび泣きをはじめ、抱きしめあう。頭をあさっての方にふる者もいる。目を真っ赤に腫らしたケイトが、わたしの方に走りよってきた。「ジョンが殺されたのよ」

ジョンは、仲間のアイスランド人看護師だ。病院とカブール周辺の村々を往復して、負傷者を運んでいた。まだ三〇歳にもならず、二ヶ月前に結婚したばかりなのに、すぐアフガニスタンにきていた。

この仕事は「クロスボーダー・オペレーション」、すなわち前線越え作戦と呼ばれていた。二、三時間襲撃を止めるよう交渉し、すばやく戦線の反対側まで行ってけが人を集め、ふたたび前線を越えてもどってくる。しかし、そんなありきたりの言葉では、この作戦にともなう危険と困難は言いつくせない。

わたしたちは軍人ではないし、武器ももたず、武装した護衛がつくわけでもないので、顔見知りの、不幸な人々を応急手当に運ぼうという行為を尊重してくれる人に出会えるよう祈りながら、毎回、手さぐりの賭《か》けをする。襲撃の一時停止が守られなかったり、外国人をとるに足らない人物のスパイとみなす、新たな武装集団にでくわす危険は、常にあった。ときには、ムジャヒディンの指揮官のだれかが、今、ヨーロッパ人の人質をとっておけば、自分の評判が上がって階級昇進につながるかも、と思いこむこともある。

カブール周辺には、小さな村がたくさんあり、常に大砲の射程に入ってしまっている。人々は戦争のただなか、そこで暮らすしかなく、それが日常のひとことまとなっている。大家族がおさまる広い中庭のある泥と藁《わら》の村には、雨もときどき降るが、ミサイルの方がもっと頻繁に降ってくる。

よそに行ってしまわないのは、ただ、そこに彼らの家があり、家畜と土地があるから、それに、ほかのどこにも行き場はないからだろう。

これらの村のいくつかに、国際赤十字が救急診療所を開設した。それらとカブールのわたしたちの病院とは、無線で連絡をとりあっている。負傷者がいるときは、ひきとりに行くのだ。

その前夜、ジョンは、わたしの誕生日を祝ってみんなが開いてくれたささやかなパーティから、早めにひきあげた。「明日は早起きなんだ、ミルバチャコット村の方で、避難させなきゃならないけが人がいるから」。それが、わたしたちの聴いた最後の言葉だ。

翌四月二二日の朝、彼は出発した。

カブールから四〇キロ離れたその村では、通りは戦車の墓場と化し、家々は破壊され、電信柱は折れている。到着すると、負傷者は血で汚れた担架に横たわり、彼を待っていた。傷の重い二人を救急車に載せ、他のけが人のため、無線でもう一台車を頼んだ。

いつものように、辺りには親戚や野次馬がつめかけ、人だかりができていた。準備ができたジョンは、運転席のドアを開けて乗りこむところだった。と、まだ一五歳にもならないムジャヒディンの少年が、後ろからちかづき、至近距離からカラシニコフの連射を浴びせた。

ジョンは首筋を吹きとばされて、即死。

「指導者《ムラー》から、異教徒は皆殺しにするよう言われたんだ」。まもなく、幼い殺人犯は告白するだろう。

仲間を失った他のメンバーが病院にもどってきた。すでにジョンのことを知らない者はない。赤十字の支部長がみんなを集めた。

全員が痛みを感じていた。怒りをあらわにする者もいる。

支部長から、あの地域の「クロスボーダー・オペレーション」は中止されたと伝えられたとき、わたしも怒りを覚えた。なぜもっとまえに決められなかったのか？　仲間が一人、殺されなければわからなかったというのか？　何ヶ月もまえから、あの地域では、不穏な事件が六、七件は起きていた。救急車が機関銃で襲撃されたり、人質になった者もいたのだ。

あのやり方をつづける危険性については、なんども話しあわれていた。おなじ仕事をアフガン人スタッフが行うこともできた。あの地域で、外国人がよく思われないのは明らかだったのに。しかし、赤十字のなんらかの政策上、変更措置はとられなかった。今日という日まで。

こんな疑問に悩まされることがある。なんの根拠があって、安全に関わる決定はなされるのか？　あの横柄なスイス人には、どんな権限があるというのか？　ジュネーブの本部や支援者の圧力とはなんなのか？

その夜のカブールでは、だれもひとりになりたくなくて、大勢で食事をともにした。みんながジョンのことを考えていたが、ほんの数分、口にすることはあっても、長く話す者はいない。言うことなどあまりなかったし、意味もなかった。

ジョンは明日、パキスタンのペシャワールに運ばれ、そこからアイスランドの自宅へむかう。

彼の新妻はアフリカに派遣されていて、別の国でジョンとおなじ仕事をしている。たぶん、まだなにも知らないにちがいない。

12 戦場外科医

「戦場外科医？　というと具体的には？」たくさんの人から必ずといっていいほど訊《き》かれる質問だ。まず、わたしは軍人ではなく、軍隊を嫌っているわけではないが、彼らのために働いているのでもない、と説明することにしている。

わたしの職業はふつうではないと思われる。しかし、世界中で起きていることや新聞の大部分をうめている事実を語れば、それほど突飛でもないとわかるし、毎年、この星を荒廃させている大小の戦争の数や、その渦中にある貧しく不幸な人々の数をあげれば、すくなくともなんらかの役にたっていることは、もっとよく理解してもらえる。

だいたいこの時点で、究極の質問がくる。「わかったよ、たしかに必要だ。でも、なんできみがそれをやるんだ？」

不思議なことに、一〇年たってもまだ、理由はさだかではない。

ところが、わたしの親友たちのように、この選択の理由を疑いもなく、たんに頭がおかしいだけ、と決めつける者もいる。そして、憶測にすぎないいろんな例をあげてくる。彼らの論理があたっていると思ったことはないが、それなりの説得力もある。頭がおかしいのでなければ、わたしのような仕事をする者がいるわけはないというのだ。

友人たちのことはよくわかっているので、彼らのようなまともな人のあいだには、ミラノとヴェネツィアを結ぶ高速道路の料金所で、「北極」と書いたプラカードを掲げてヒッチハイクをする者や、「草のソファ」（わかりやすく言えば、革の背もたれに芝生のシート！）とか「歪んだ定規」を考案する者を、温かく受け入れる度量があるのも知っている。

なかには、昔からずっと、夜は哲学書を読んだりフライドポテトを揚げたりしていて、世の中が目ざめるころにやっと眠りにつく者もいれば、もう一五年もまえから、ミツバチのための巣箱五つを小さなヨットと交換しようと、むなしい努力をつづける者もいる。

だから、あいつらがわたしのことを、すこしくらいおかしいとみなしても、あまり心配したことはない。

ただ、くりかえし質問されたり、みだりにからかわれたりすると、ほんとうに答えをさがすようになる。

わたしはこの仕事が好きなのだ、いや、もっと言えば、これ以上好きになれることがあるとは思えない。わたしが仕事でやろうとすることに関わりのある、不幸な人たちみんなの気持ちを逆なでする心配がなければ、楽しんでいるとすら言える。新たな困難や予期せぬ問題にたびたび直面するのも好きだし、これほど多彩な条件や状況下での仕事は、多くの場合、複雑で危険もともなうが、決まって刺激的で好ましいのだ。

誤解されたり、スノッブと非難されたりしたくはないが、結局、ゲームなのかもしれない。ある意味、それが真実だ。チェスやブリッジのようなもの。他意はなく、ただ好きだからやっている、制限なしの自由な活動。仕事で勝利するのが好きなように、うち勝つことが好きなだけだ。不可能に思えるときでも、扉がすべて閉まっているようにみえるときでも、やればできる、役にたつなにかをなしとげることができると示すのだ。

挑戦を受け入れ、困難に向かいながら自らの力を試している。

とはいえ、これは特殊な挑戦で、自転車で北極にたどりつくのとはわけがちがう。たくさんのことが関わり、うち勝たねばならないことも多く、勝てたとしても、ゲームをつづけていくことが重要で、ひとつレースが終われば、また次のレースがはじまっている。

この挑戦はどんな形であれ、役にたつ。わたしたちの仕事場となる戦場では、代役はいないのだから。

「人権」ということが、よく話題になる。けがをしたり病気になったりしたとき治療を受けるという、ごく基本的な権利が、おぞましいルールで平然と踏みにじられていいものだろうか？

もちろん、ヨーロッパの先進国でもありうるし、起こってもいる。しかし、世界中の戦場には、歴然としたルールがある。医者も薬もなく、わずかに手に入るものは、軍や戦士たちのために独占的におさえられてしまうのだ。

国連の多くの「人道的」事務所を怒らせるつもりはないが、こんな政策の責任者たる政府にいくら金をつぎ込んでも、数えきれない女性やこどもたちのもとには、なにも残らない。

わたしたちや、他のたくさんの人々がやっているのは、自分たちの限られた力や資金でできることだけで、いわば、大河の一滴にもならないだろう。

それはよくわかっていて、必要は桁《けた》はずれに大きく、わたしたちの活動が不十分なことは、日々、目のあたりにしている。

落ちこんだり、欲求不満に陥ったりすることも多く、ときにはすべてを投げだしたくなる。けれど、だれかと握手をかわしたり、母親が笑顔をとりもどしたり、こどもが遊べるようになったり、また、単純に、夜になって疲れていても、一日がむだではなかったと思えれば、すぐに気をとりなおしてしまえる。

心が安らぐのか？　たぶん。

「ただ自らの良心にしたがって」なにかをしようとする者を指して、批判がましく言う人の言葉をいやというほど聞いてきたが、彼らのいう良心は、一マイル先までも匂いつづけ、磨き粉で洗われることもない代物だということには、気づかないようだ。

たとえ一滴でもあるほうがいい、なければ事態はもっとひどいのだから。そう考えるのは、わたしだけではない。

と、まあこんなわけだ。

美辞麗句も、こみいった普遍的な意味もない。そんなものは役にたたないし、なんの関係もない、もしかすると害になるかもしれない。これは、たんなる仕事、いや、まずやりはじめなければならず、そうして、はじめて仕事になり、職業になっていく。戦場外科医は、消防士や警察官やパン屋のようなものだ。

仕事になり、職業になり、雇用が継続してこそ、尊厳も報酬も得られ、質の高い施術が可能になって、プロフェッショナルといえるのである。

戦場での外科医療は、冒険や即興の範疇《はんちゅう》には入らない。欲求や感動や寛容では足りない、有益でなければ、ほんとうに役にたたなければ意味はない。

苦労も多い仕事で、耳をすます謙虚さや、確信がなくても応じられる精神力を鍛えながら、一日、一日、現場から学んでいく。

しかし、わたしにとって、大いなる特典もある。ずっと、無償でもやりたいと夢みてきた、こんなすばらしい仕事をしながら、お金までもらっているのだ。

13 空に鳩を放って

ときどき、テレビや講演で、地雷による負傷者の写真をみせることがある。百の言葉より一枚の写真の方が雄弁といわれるからだ。ただし、それは写真が真実を代弁している場合のみ。いつもそうとはかぎらない。

みせられているそれは、たんなる写真ではなく、たくさんの選択肢のなかの一枚だから。さまざまな理由から、現実を直視するのにもっとふさわしい、正真正銘の写真をみせることができた試しはない。

理由は、その場に合っていないとか、伝達技術のため、そして、問題から顔を背けさせるだけかもという懸念。たいていは、みせられるものをみせることになるのだが、たぶん、それでいいのだろう。というのも、あまりにすさまじい映像は、ほんとうに感情を害したり、興奮や衝動的な反応を招きかねず、しまいには、理解の可能性をそこなうおそれもあるからだ。

一九九四年にいくつかの日刊紙にだされた、エマージェンシーの無償広告を思いだす。ルワンダの虐殺とその写真をこまかく説明するキャプションで、戦争の恐怖を伝える言葉だった。けれど、そこに写真はなく、真っ黒い大きな長方形があるだけ。「エマージェンシーの医師たち。彼らはこの光景をおみせしようとは思いません」というような意味のタイトルがつけられていた。

あれは広告マンの友人、ダニエレ・ラヴェンナのアイディアだった。今でもずばぬけた名案だと思う。なんらかの理由で真実をみせることができないとしたら、オブラートに包んだり、水で薄めたりしない方がいい、そんなのはペテンだろう。それによっておのおのが想像したり、がまんしたりできる、真っ黒い大きな写真の方がいい。

これ以降、地雷による傷をみせずに言葉で表現することは許されるし、より受け入れてもらえる、まちがいなくショックは軽いはずだと思うようになった。それに、本物をみないで想像するのは難しいものだ。

世界のどこかで、二〇分ごとに凄惨《せいさん》な儀式がくりかえされている。地雷が爆発し、新たな負傷者や手足を失う者がでて、死者もめずらしくはない。

国や名前や肌の色は変わっても、この不幸な人々の悲劇は似ている。草原を歩いていた者、家の中庭で遊んでいたり、ヤギをともなって牧草地へむかっていた者、土地を耕したり果物を収穫していた者もいる。

そして爆発。

アブドゥラハムは、地面がなかから破裂したようだったという。ジャバルには、草で半ばかくれた砂色のちいさい物がみえたが、よけるには遅すぎた。ダミラは、足の下で鳴るカチッという金属音を聴いてから、左足が粉々になるまで、一瞬だけ考える余裕があった。

エスファンディアのように、多くの者はなにも憶《おぼ》えていない。耳をつんざく轟音《ごうおん》がして、地面にたたきつけられ、どろどろした粉と血と焼けこげた肉のなかにいたのだ。

足でゴムのプレートを踏んだり、脚に金属線が触れたり、さまざまな形で機械や電気や化学のメカニズムがはたらき、起爆装置が作動する。起爆装置はちいさな物体で、大きさはボールペンのキャップほど、純度の高い爆薬でつくられている。爆発すると、地雷のなかに入っている他の爆薬を、残らず破裂させてしまう。

爆発のメカニズム、起爆装置、主な爆薬。なにもかも無機的で、技術者や軍隊のためのものだ。これらは「爆発の連鎖」と呼ばれる。しかし、鎖《くさり》の最後には爆破されたエスファンディアが、一二歳の男の子がいることとは忘れられている。

爆発は円錐《えんすい》を逆さまにした形で上にのぼっていく。足は粉々、骨は砕け散り、筋肉はぐちゃぐちゃにつぶれて、肉は焼けこげる。

石や土や草、最近雨が降っていれば泥が、靴の一部や靴底の鋲《びょう》や、ソックスやズボンの切れはしとまざって、その全部が地雷に入っている五〇から一〇〇グラムのＴＮＴかトリットの高速の破壊力で撃ち込まれ、肉をつらぬく。爆発は上にむかい、脚の骨をむきだしにする。やがて、熱は黒い煤《すす》になり、ふくらはぎの筋肉は、グロテスクに焼けこげたカリフラワーと化す。

運がよければ、もう一本の脚は、汚れのつまった深い傷を負っていても、まだつながっている。けれど、多くの者には、臀部《でんぶ》や生殖器や肛門にもひどい傷がある。

エスファンディアの父親は爆音ですぐわかったという。そうさせたのは勇気か直感か、坂を駆け下り、息子を連れかえろうと地雷原に入った。ターバンをとって腿《もも》に巻き、死にかけている子を腕に抱える。わたしには、そのときの彼の気持ちを想像することができない。そして、助けをもとめて叫びながら、きた道をもどり、病院にたどりつくための移動の足を、必死でさがしはじめる。

エスファンディアをシーツでくるむと、またたくまに赤く染まったが、農家の貨物トラックの後ろに載せた。この絶望的な道ゆきのあいだ、スレイマニアまで何時間も車の詰まった道をのろのろ進みながら、父親はなにを考えていたのだろう？

父親によると、エスファンディアは、苦痛にも通りの混雑にもうめき声をあげることなく、眠っているようだったという。

そして、わたしたちの病院の緊急処置室に着いたときにも、まどろんだ状態のままだった。右腕と右脚はぐちゃぐちゃ、裂傷が左目をつらぬき、顔には他にも傷があった。

三〇分後、頭上の強すぎるライトに照らされ、手術台に横たわったまま、初めてなにか言葉を発した。

下から、マスクと緑色の帽子をつけ、可動子やカテーテルを通したり、汚れてぼろぼろになった服を切り裂いている、ゆがんだ変な顔をみあげながら、エスファンディアはなにか考えたのだろう。

一瞬、力をふりしぼって身を起こし、半座りになってみつめようとする。幸いうまくいかず、ずたずたにされた自分の身体をみないまま、また手術台に身を沈め、やがて麻酔が効いてきた。目覚めたときには、もとのエスファンディアとはちがって、片腕と片脚がない。そんな彼にかまってはいられない貧しい国で、このまま若い障害者となってしまうのだろう。

もちろん、彼に施しをすることはできるが、希望や将来の計画や夢をあたえることは、なかなかできない。彼にとって、最悪のときはまだすぎていない、困難はこれからはじまる。

今、病院の中庭を、すこし特殊な松葉杖をつきながら歩いている、このやせた少年には、未来が、耳をつんざく爆発とはちがうなにかを夢みることが、ほんとうに必要なのだ。

三月に、われわれは病院のなかに新しいセクションを立ち上げた。エスファンディアはたくさんの人たちと来賓のまえで、開設記念のスピーチをした。自分は元気で、この病院にいられて幸せだと話す。そして、もうすぐ家に帰れる、と一同に感謝して、白い鳩を空に放った。

この日の彼の写真はたくさんある。このときの彼には希望があるから、みせることができる。

14 選別の苦しみ

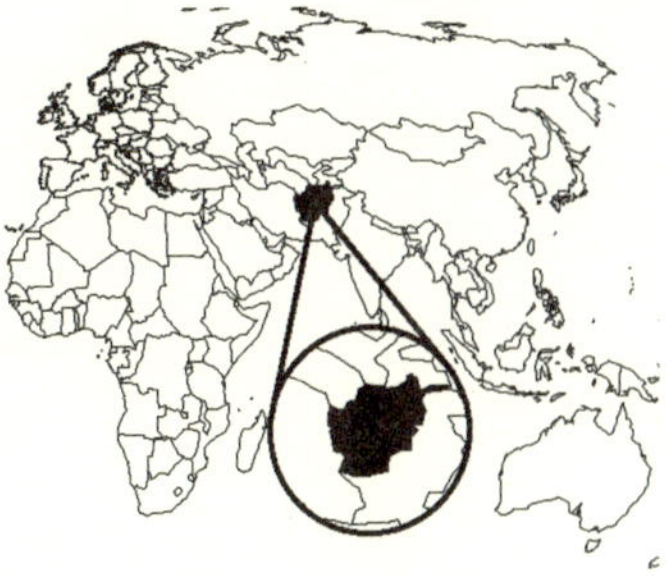

専門用語に「トリアージュ」というのがある。フランス語で選択とか選別という意味だ。

紛争地域の状況は、ミラノにいくつもある病院とは、ずいぶんちがっている。

交通事故の場合、救急病院に運ばれると、患者はふつう、二人か三人の外科医に診てもらえる。虫垂炎になれば、手術室には禁欲的な外科医が待ち伏せていて、患者の到来を神の恵みのように思ってくれることもある。

ところが、世界各地の戦場では、死にものぐるいで助けをもとめる負傷者はたくさんいるのに、救助できるのはごくわずか。外科医は、ほとんどの場合ひとりで、何十人という患者と対することになる。

そこで、患者を選ぶ、「トリアージュ」の必要がでてくる。

最初にだれを手術室に運ぶか？　そして、代わりにだれに、何時間も待てないとわかっていながら、待機を「宣告」するのか？　難しい選択で、ときにはそれがトラウマになることもある。世界中の医師が、希望者はたくさんいるのに、移植のための心臓がひとつしかないとき、似たような状況に陥っている。

しかし、野戦病院では、コンピュータの画面で名簿や数値と照らし合わせながら選ぶわけではなく、苦しみに歪んだたくさんの顔や、泣いたり懇願したりする人々、こちらをじっとみつめる目をまえにしながら、彼らの腕にフェルトペンで「2」と書かねばならない。「要待機」という意味の隠語である。だれかが死ななければならないと決めるのは、いや、死ぬ人間を決めるのは、あなたなのだ。それは必要なことだとわかっていても、やはり心が痛む。

戦時下では、「症状の重い人優先」という原則は意味をなさない。助かる見込みのわずかな患者を、三時間かけて手術することは許されないのだ。エネルギーと物資の浪費、そしてなにより、その間に、先に手術すれば助かるかもしれない別の患者が死んでしまう。

そこで、負傷者の「大多数のために最善をつくす」ようにしなければならない。この言葉を、毎回、それができうる最良の選択なのだと、自分を納得させるためにも、たびたびくりかえす。決してなまやさしいことではない。

疑問や良心の呵責《かしやく》、無力感に苛《さいな》まれることも多い。選択をせまられる役割に耐えることすら、容易ではないのだ。

数年前のカブールで、オーストラリア人の婦長、マーガレットが、わたしの腕をとりながら言ったことがある。「きて、中庭に、けが人がもう一〇〇人くらいいるわ。『トリアージュ』をしてくれなきゃ」

そのなかには、戦士がたくさん含まれているという特殊な状況で、彼らにはどこかくだけた雰囲気があった。ここ何日も、他の負傷者や援助に尽力する者に配慮することなく、われわれや病院を射程範囲においてきた輩《やから》だ。恐怖と怒りの入りまじった苦々しい思い、そして機関銃と迫撃砲の攻撃にさらされながら働いた重圧が、おしよせてきた。

腹に弾丸のつまったムジャヒディンをまえにしても、怒りを抑えることはできなかった。医師としての分別を保ちつづけるべきときにもかかわらず、乱れた感情と興奮で胸はいっぱいになり、哀れみの気持ちはかけらもなかった。

認めるのは辛いが、何日もわれわれを脅かしてきたあの負傷兵たちなど、どうでもよかったのだ。

「マーガレット、『トリアージュ』は終わった。まず、こどもと女だ！」

「な、なんて？」

「そう、わかっただろう、まず、こどもたちに女たち。問題があれば、『トリアージュ』はほかのだれかに頼んでくれ」。そう言うなり、返事も聞かずに手術室へもどった。

その日からしばらく、あの医学倫理にもとり、問題解決の理性的なやり方ともいえない選択のことを、なんども考えた。

まちがいなく、あのなかで罪のないのはこどもと女性だけで、彼らは他人の暴力の被害者にすぎない。わたしに言わせれば、戦争をする者は、人を殺すために銃を放つなら、腹に弾丸を撃ち込まれることも考えておくべきだ。

それに、半時間まえまで自分に銃口を向けていた者を、どうして優先しなければならないんだ？

結局のところ、あれは、いわば復讐のようなもので、医者が、控訴を許さない無慈悲な裁判官になりかわっていたのだ。そう言えるようになるまで、すこし時間がかかった。

自分でも驚いていた。

あの選択は、わたしの職業とはなんの関係もない。情状酌量の余地はあるが、結局、復讐には変わりない。いわゆる複数殺人の幇助《ほうじょ》、および救助の不作為にあたるかも？

15 砂漠の蜃気楼

一二月二八日、正午すこしすぎ、ケイト、リジィ、わたしの三人でダマスカスをあとにする。何日も待たされたあげく、やっとシリア警察の諜報部から、イラクとの国境にちかい、北部のアル・カミシュリ方面へ向かう許可がおりたのだ。

緊張と倦怠《けんたい》の一週間で、「待ち《スタンバイ》」の状況ではいつもそうだが、かかってこない電話をひたすら待ちながら、たいていはホテルでうろうろしていた。

クリスマスの日は、イギリス大使から自宅へのお招きをうけた。たいそうなもてなしと飾りつけ、カクテルとわずらわしい社交辞令、いつまでもつづく贅沢《ぜいたく》な午餐《ごさん》。ホテルの部屋がなつかしく思えるくらいだったが、といって、クリスマスにヴィザがおりる望みもなかった。

リジィはあきらかに、ウォッカにはなれていなかったとみえる。三杯で大使夫人とすっかりうちとけてしまい、大のネコ好きの彼女は、その家の赤茶色のネコ、ジョージのことを、ご主人よりよっぽどかわいくて魅力的だわ、と評して、外交問題をおこしそうになった。

幸いときはクリスマス、すべてはちょっとした当惑と、かなり外交的な笑い声のうちにおさめられた。とはいえ、社交界での午後はおしまいにして、クルドの役人と緊急に連絡をとらねばならないことを口実に、ホテルへひきあげた方がよさそうだった。

翌朝、花束とお礼のカードで片はつくだろう、できればそう願いたい。

さらに二日、なにごともなく待ちつづけていると、すべてをなげだしたくなった。パチンコ玉のように、空港へピッと向かってミラノにもどれたら、どんなにいいだろう。

「ヴィザがおりたので、出発できますよ」。二七日の夕方、クルド民主党の役人から電話があったときには、まるで解放の知らせがとどいたような気がした。

ダマスカスをでるとまもなく、風景は単調な砂漠と化し、遮るものは、遊牧民の天幕と彼らのヒツジの群だけになる。

三時間するとパルミラに入った。唐突に、何百という列柱や神殿の跡が視界にとびこんできて、予期せぬ光景に目をみはる。車をとめて遺跡を訪ねたかったが、まだ五〇〇キロ以上の行程が残っているのに、太陽は低くなっている。結局、無酵母パンとひよこ豆のソースをだすカフェの窓から、神殿をながめるだけにして、ふたたびシリアの砂漠をひた走った。

すでに外は暗く、はるか遠くには油田の炎がみえ、雷雨の稲光がちかづいている。一五分もしないうちに激しいにわか雨に浸されて、車は速度をおとし、歩くようなのろのろ運転をしいられた。

やがて、カーステレオの音が狂いはじめ、ティナ・ターナーは声変わりして、ベリーダンスのダンサーのような歌い方になる。ヴォルヴォのバッテリーがあがりかけていた。なんというすばらしいタイミング。もはや、道ばたでとまるしかない。この洪水のさなか、深まる闇のなかを走るのは、あきらかに無理があった。

ほどなく、古いぐらぐらするピックアップトラックが通りがかり、運よく、その五〇年代のダッジはとまってくれた。わたしたちの車のまえにライトを点けたままでいてもらい、おかげでなんとか、ずぶぬれになりながらも修理がおわり、ふたたび出発できた。

アル・カミシュリに着いたときには、ほぼ真夜中になっていた。アル・チェラブという名の、ユースホステルのような宿に泊まることにする。大理石みたいに硬いベッドと暖房のない冷たい部屋。しかし、国境まで車で二時間のところにいることが肝心だった。これで、わたしたちの愛するイラク領クルディスタンに、可能なかぎりちかづいている。

次の朝、ふたたび旅路についたときには、太陽が輝いていた。小さな村々にならぶ、木の柱で支えられた丸屋根の泥の家々をよこぎっていく。整然としていて、貧しさのなかにも威厳すら感じられる。家畜の世話をするこどもたち、綿花の畑、ときおりみえるちいさなモスク。ほかにはなにもないが、ここには戦争もないのだ。それは五〇キロ先の川むこうの話だった。

それから丘がはじまる。おとぎ話の入り口のようだ。何百台もの巨大な機械じかけのアリが、とまることなくゆっくり上へ下へと行き交い、石油をくみあげている。この土地は何キロにもわたって、油田にもぐりこみ、丘をこえ、クモの巣のように村々にからみつく、黒いヘビに覆われている。

石油、この豊かさと力の源は、貧しい家々や遊牧民の天幕からほんの数メートルのところにある。それが、シリア領クルディスタンの、象徴的ともいえる矛盾である。

川までくる。ほんものの国境ではなく、手荷物検査もパスポートのスタンプもない。岩がちの川岸をおりていくと、長さ四メートル足らずの小舟が待っていた。

急流にも耐えられるよう舟のモーターは強力で、二分でティグリス川をわたる。むこう岸には、エマージェンシーの旗を掲げたランドクルーザーがいるのがわかる。

ハワーとマレワーン、スアラとホシュヤがわたしたちを待っていた。あたたかい抱擁、それから、ほとんどが医薬品でしめられた大量の荷物を積みこむ。みんな大急ぎでふたたび出発、ここからさらに五〇〇キロ南のスレイマニアまで行かねばならない。

「通りぬけできればね」ハワーが言う。「激しい戦闘をやってて、道が封鎖されてるかもしれないんです」

そうだ、戦争だった。たった今、あとにしたばかりの奇妙な世界で夢をみはじめ、ほとんど忘れかけていた。マレワーンが無線で本部を呼びだす。「ファルコン到着、今から出発します。キロ2地点に着いたらまた連絡します」

眠りから目覚めたように、無線の暗号や検問所や立ち入り禁止区域《オフリミット》が、緊張と、ときおりちかづく危険とともによみがえる。しかし、かたわらにはクルドの友がいて、わが家に帰ったような気にさせてくれる。満足だった。

16 ハワーの涙

「あんたがたが行ってしまうと、淋しくなるよ」。クフリちかくのほこりっぽい道で車を走らせながら、突然、ハワーが言った。

彼のつぶらな黒い瞳から大きくつやのいい丸い頭までを、愛おしい気持ちでみつめながら、ほほえみかけた。「そうだね、でも、なんで今ごろそんなこと言うんだ？　ずいぶん先の話じゃないか。まだ病院でやらなきゃならんことがあるし、リハビリセンターだって……」

「そんなことは、考えてなかった。あれをみて」。丘の上の軍の砲台を指さす。

「あいつらが、わたしらの国を占領しにもどってきたら、あんたがたはでて行かなきゃ」

「あいつら」というのは、むろんサダム・フセインの軍隊のことだ。クルドの「死をも《ペシュ》恐れぬ者《メルガ》」たちが巡回する、クルド政府統治下にある地域と区別するためか、国境地点には塹壕《ざんごう》や装甲車など、ものものしい動きがみられる。

六月のある午後、この話はこんな感じで半ば偶然に、半ば長いドライヴの暇つぶしとして、はじまった。

「イラク軍がもどってきたら、おれたちクルド人にとっては悲劇さ。イラン国境辺りの山にみんな逃げこんで、残った者らは、また独裁者を説得しようとするだろう。だが、そうは言っても、おれたちクルド人はイラク国民で、正規のパスポートだってもってる。難しいよ、でもやれるさ……。けど、あんたらはちがう、あんたらは外国人で、クルドの戦士がコントロールする国境線から、非合法にイラク領内に入ってきてる、パスポートにはイラクのヴィザももってない。あいつらがくるなら、あんたらは急いでていかなきゃ」

「いかないと、どうなると思う？　まじめに答えてくれよ」

わたしのすばらしき友人、ハワーは、一秒も躊躇《ちゅうちょ》することなく言った。「うまくいきゃあ、スパイ容疑でつかまって、バグダッドの刑務所にぶちこまれるさ。いつでられるかなんか、わからない。うまくいけばだよ、じゃなきゃあ……」。そして、親指を九〇度に立て、人差し指をつきつけて、はっきり身ぶりで示した。

肩をポンとたたいて、笑いながら話を終え、数ヶ月、その話題にはふれなかった。

八月末。数週間まえから、党派間でふたたび軍事衝突をみせていたクルドの政党の支持をえて、イラク軍が侵攻してくるという噂が、しつこく聞こえてきていた。人々は、またはじまった市民戦争ではなく、なおもクルド人を脅かそうとする、サダムの名を怖れていた。

そして突然、ニュースが飛びこんでくる。「首都のエルビルが攻撃された」

「だれが攻めたんだ？」

「KDPとイラク軍が一緒に」

クルド愛国同盟の永遠のライヴァルといわれるKDP（クルド民主党）が、サダムの軍と一緒に戦っている？

ひと月まえ、KDPの代表者と話をしたときに、そんな仮説を予感はしていたものの、とても信じられなかった。

一時間ごとに新たな情報が入ってくる。つじつまの合わない、断片的で、混乱したものばかりだ。あれは午後六時、スレイマニアの外科医療センターのなか、手術室まえの廊下でハワーがわたしを待っていた。いつもの笑顔はなく、緊張した面もちで、心配そうに言う。「イラク軍の戦車がエルビルに入った」

「ほんとか？」

「まちがいない。街は占領された。これから南へ、スレイマニアにむかってくるよ。今すぐ、チームを集めなきゃ」

八時集合にした。ケイト、グスタフ、スザンヌ、アイク、グレン、デヴィッド、それにもちろん、病院のマネージメントにくわえて、現地の役所との連絡係も務めてくれるハワーも、みんなそろった。

最新の軍事情勢への対応、そして、イラク軍がスレイマニアにちかづいてきた場合の安全措置を伝える。全員、必要なものだけを入れたカバンを準備し、緊急避難の場合にそなえて、いつも手元に置いておくこと。自宅と病院以外の場所に行ってはならないし、移動するときは必ず無線で連絡すること。車両はすべてきちんと点検しておき、ガソリンは満タン、車内には水と防弾チョッキと救急箱と……をそなえておくこと。こんな場合に用心のためにすることを、緊急避難のプラン、つまり逃亡の方法とともに、リストアップした。

「なにか意見か、質問がある？」最後に言った。

「ハワー、ぼくらが避難することになったら、あなたはどうするの？」グレンが訊《き》いた。

「いっしょにいきます」

心配はない、だれも怖がってはいない。しかし、チームの空気はよいとは言えず、みんな意気消沈して、落胆の色をかくせない。「なにが起こるかみてやろう、案外、このスレイマニアではなにも起こらないかもしれないがね」。雰囲気をもりあげようとしていた。

だが、効果はない。みんなあえて口にはださないけれど、考えていることはわかっていた。わたしたちの病院、エマージェンシーの病院。ここで、一年以上もまえから、必死で働いてきた。看護師のための学校だったという古い建物を解体し、この病院をつくりあげたのだ。経済的困難に何晩も眠れぬ夜をすごしながら、ひとつひとつ積みあげていった。プロジェクトを進める資金を集めようと、寛大な援助を辛抱強く呼びかけるミラノ本部と力を合わせながら。

　そして、戦争犠牲者のための病院は、二月にオープン。以来、フル回転している。クルディスタン全域で、この種の病院はひとつしかない。それがわたしたちの誇りとなり、もっと重要なのは、治療を必要とする多くの不幸な人々の誇りにもなったことだ。いちばんきれいな病院、いちばん清潔で、いちばん腕のいい、なんでもいちばんの……。

　放りだすなんてできるのか？

　負傷者の治療に忙殺され、考えるいとまもなく何日か過ぎていった。毎日、新たな患者が何十人も、あらゆる場所からやってくる。今や、激しい闘いは、エルビルの南方、デガラに移っている。むろん、サダムの戦車も移動している……。

　その間、戦闘の地にちかいコヤに救急診療所を開設、応急処置をする看護師を派遣し、負傷者を車で一時間半のスレイマニアに避難させるため、救急車とバスを手配した。

　さらに四日たち、コヤもイラク軍に陥落、救急診療所は機能しなくなった。

「ジーノ、もうあんまり時間がないよ」。ハワーが言う。こんな哀しそうな顔ははじめてみた。

「コヤを落としたら、あとは山を降りるだけだから、戦車は二時間もすればここにきてしまう」

「ハワー、もしわたしたちがいなかったら、つまり外国人たちがいなかったら、きみはどうするんだ？」彼はわからないふりをする。「わたしたちといっしょにきたいって、言ってただろう。でも、きみの家族はここにいるし、息子たちだって。わたしたちがいなくても、家族を放っておくのかい？」

二人で病院のなかを歩きながら、傷を負った、たくさんの不幸なこどもたちのいる大部屋を通りすぎた。

「イラン国境まではいっしょにいくよ。それから、あんたがだいじょうぶになったら、スレイマニアにもどる」。大粒の涙をためたハワーは、しつこい風邪のせいにしながら、ハンカチで目をこすった。彼の助言は、彼自身ではなく、わたしたちの安全をまもることだけ考えたものだ。心のなかでは、いつもわかっていた。

しかし、この数ヶ月に起こったことや、ともにしてきた多くのことをとおして、わたしたちはみな変わっていた。外国人はこちらで、クルド人はあちら、という以前の感覚はなくなり、ここにいるのは、ハワーやリザールやイスマエルのこどもたちだけではなくなっていた。この手で手術をして、いっしょに遊び、笑いあった、わたしたちのこどもたちがまだ病院にいて、彼らには治療や新たな手術が必要なのだ。もちろん、ほかの患者もいる、それもたくさん。

戦争犠牲者のための組織が、戦争がちかづき、激しさを増してきたからといって、どうして立ち去ってしまえるだろう。スタッフや患者たちになんと言えばいいのか？　いい経験だったけど、結局、ゲームだったんだ、さようなら、ありがとう、おじゃましました？

爆弾のかけらで傷ついた男の子の腕に、包帯を巻きおわったケイトと、病室ですれちがった。

「三〇分後に、やるべきことを話し合うために、またチームミーティングをしたいんだけど」。

彼女に訊いた。

からかうような表情でじっとこちらをみつめている。

「あなたたち二人がひそひそやっているのを、しばらくみていたのよ。それに、あなたのことは、じゅうぶんすぎるほど知ってるから、なにを思いついたかもわかったわ。わたしは賛成よ」。笑いながら答えた。

その午後、一〇分少々のミーティングで、わたしたちのチームは、事態がどうなろうとスレイマニアに残ると、全員一致で決めた。

「なんで？　ほかの人道組織はみんな職員を避難させたのに。なんで、あの人たちみたいに行こうとしないんです？」ハワーが訊いた。

「長くなりそうだからよ、国境までの旅がね」、ケイトが答えた。

※エルビル陥落――イラク領内クルド人居住地区では、自治権獲得後も二大政党の対立による抗争が続いていたが、一九九六年ＫＤＰ（クルド民主党）がイラク政府の支援をうけ、それまでＰＵＫ（クルド愛国同盟）優勢であった自治区内の都市エルビルの支配を手中にする。八月にはＫＤＰの要請でイラク軍がエルビル、スレイマニアなどＰＵＫの拠点を制圧、情勢は一挙に緊迫の度を深めた。米軍がイラク南部をミサイル攻撃して介入、一旦停戦にもちこむが、まもなく再燃、九八年ワシントンにてようやく和平合意に達した。

17 ハラブジャの静寂

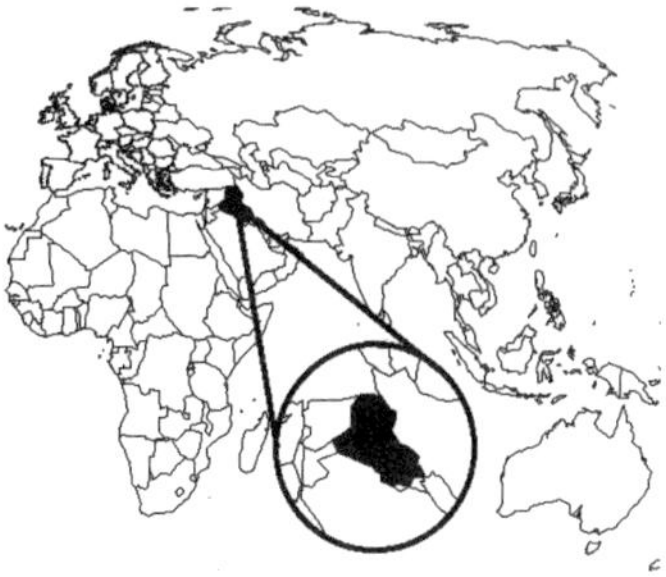

最初の負傷者たちが到着したのが朝の一〇時、三〇分後には一〇人ほどになっていた。泥をかぶったジープがスレイマニアの病院の入り口に患者を降ろし、つなぎの迷彩服を着た兵士たちは、カラシニコフ銃を肩に担いで、ピックアップから飛び降りてくる。ひどく混乱していた。

車で一時間半南に行ったハラブジャで戦っている。相変わらず、敵対する党派間の戦争だ。ハラブジャ。クルドの民の記憶に永遠に刻まれた名。クルディスタンのその村では、一〇年前にも戦いが行われていた。イラン・イラク戦争である。

そのときどき、どちらの軍が優位に立っているかなど、さしたる問題ではないが、堂々めぐりの戦争は、住民にきまって貧困と服喪を強いる。

一九八八年三月一七日。イラク軍が急に撤退。山々にちかいこのちいさな村に、侵攻時のような激しい砲火を残していった。

「思ってもみなかったよ。あのときは、ほっとひと息ついたところだったから」。当時、あの地方のクルド戦士の司令官を務めていたアブドゥラが話してくれた。「これで戦闘は村から遠くに離れていくだろう、そうなってほしいって思ってね」

アブドゥラは、あのとき、敵の退却からなにも予測できなかった。

ハラブジャ、湖の水にうるおう肥沃な平原にかこまれた村。村人の大半は、ずっと田畑を耕してきた。国境まではわずか一〇キロ、イランとのちいさな商いで生計を立てる者もいる。「歓喜と晴朗の地」、有名なクルドの詩人は、そう詠《うた》った。

あの木曜の夜明けまえ、その地は永遠に辱められた。ちかづいてくる戦機は山々にかかる雲をつらぬき、別の異様な雲をたなびかせながら、低く飛んでいた。

「いったい、なにを待っていたのですか?」クウェートの外交官の弁である。「あなたがたの村の、バラ色の水が抜かれようとしていたのに」

敵機が二機、ハラブジャ上空を飛んでいった。一機はゆるやかに円を描き、もう一機は、また雲を切る。イラク機は、一〇回も、二〇回も、つぎからつぎへと押しよせてきた。翌、三月一八日にも。

ストーリーは「血の金曜日」に移っていく。といっても、ハラブジャの通りに血の色はみえない。オレンジを売る露天や、何百というビニールサンダルとか女性たちがゆったり身にまとうチヤドルがつるされた、大通りのちいさな商店にも、機関銃部隊の姿はない。爆弾の大音響もなければ、引き裂かれた家々もない。ちかくのヒツジ飼いと農夫の村、コルマルやドジャイレもおなじだった。

ただ、飛行機のブーンという音だけ。飛行機と雲と空と空気……。

イラクの国家は、化学兵器や細菌兵器の使用を禁止する、大方の国際条約や議定書に署名したはずだった。

ありえない、まったく、ありえない……。

ハラブジャには、「マルツァボット」という名の学校がある。イタリアの地方自治体と、エミリア＝ロマーニャ地方の組合の発案で生まれたものだ。

「マルツァボットとハラブジャには、共通点がありますから」。クルドの学校の校長は言う。「虐殺に苦しみ、今世紀の恐怖の証人となったことです」（ボローニャ近郊の街、マルツァボットでは、第二次世界大戦中、レジスタンスに対する報復として住民がナチスとファシストに虐殺された）

恐怖。ぽっかり開いた口、見開いたまま固まってしまったような瞳、息を止めようと喉もとを締めつけ、ふくれあがるのを抑えようとする手、走りまわったあとの犬のように空気をもとめて飛びだした舌、色を失った皮膚、空気もなく、人間が生きられなくなったからっぽの空間、まなざしに宿った怖気《おぞけ》、飛び交う死の鳥たちを映す白濁した眼球。

ハラブジャを初めて訪れたのは一九九五年の寒い冬のことで、谷間の雪が廃墟やバザールをすっぽりつつんでいた。風もなく、澄みきった空には、ただ大きな太陽が輝いていた。

すぐに、他の場所では出会ったことのない、不思議な静けさを感じていた。ハラブジャではなにもかも、奥歯にものがはさまったようで、住民はひそひそ声で話し、そおっと動き、通りでじゃがいもを売るにも「××ディナール（イラクの通貨単位）！」と声を張りあげたりはしない。

街の入り口には、せめてこどもの命だけは助かるようにと、自分のまとったベールでわが子をくるんで守る、母親の碑がある。下の日付は一九八八年三月一七日。

市長のジャミルの家で、床に敷かれたイランの絨毯《じゅうたん》にすわり、ケバブをごちそうになった。その部屋には、たくさんのクルドの人々がいて、入り口には靴が山と積まれ、機銃兵が壁にもたれていた。

みんなでお茶を飲み、ジャミルはわたしに贈り物をしたいと言った。古い長持ち椅子《カツサパンカ》から取りだした一冊の本だ。使い古した写真集で、なんどもなんどもめくられ、しわくちゃになっていた。

「この街がなにをされたのか知らせるため、何年もこどもたちにみせてきたんです」

この本で、ほんとうのハラブジャを目のあたりにした。初めてだった。

通りには死体が五千体、こどもたちは口を開け、動かぬ瞳をみひらいたまま魚市場のかご盛りのカサゴのように積みあげられ、母親たちは地面にうずくまって、ポリエステルのチャドルのなかでカタツムリのように丸まり、年寄りはほどけたターバンを道にひきずりながら、頭上を見あげて天を呪っている。

毒ガス、化学兵器、マスタードガス、神経ガス、シアン化合物の噴射。ページをくるのもやっとで、催眠術にでもかかったように、しばらくのあいだ、わたしまで空気が足りない気がしていた。

ハラブジャのことは聞いていた。六ヶ月前、あるクルド人指導者の政治集会に行ったときだ。けれど、注釈もないこれらの写真が、わたしにこの街の静寂を物語っていた。

その本をもち去り、記憶のかけらを盗むべきではないと思った。数年後にマルツァボット小学校の机で勉強をはじめる、ほかのこどもたちがみるべきだ。「だいじょうぶ」、ジャミルはわたしの気持ちを読んでいた。「もう二冊ありますから」

ハラブジャは、クルドのアウシュヴィッツと呼ばれている。

※ハラブジャの悲劇――イラン・イラク戦争末期の一九八八年三月、サダム・フセインのイラク軍は、独立をもとめたクルド人への報復として、自国領内スレイマニア州のクルド人村落ハラブジャに侵攻、毒ガス爆弾を投下しておよそ五千人の命を奪った。後の調査で、使用されたのは神経ガスの一種サリンと皮膚や呼吸器に炎症を起こすマスタードガスの二種類と判明。戦争終結後もイラク政府のクルド人掃討作戦は続き、八八年前後に化学兵器や爆撃、集団キャンプ収容所等で虐殺されたクルド人は二〇万人ともいわれ、大量の難民がイランやトルコへ流入した。

18 はるかなるローマ

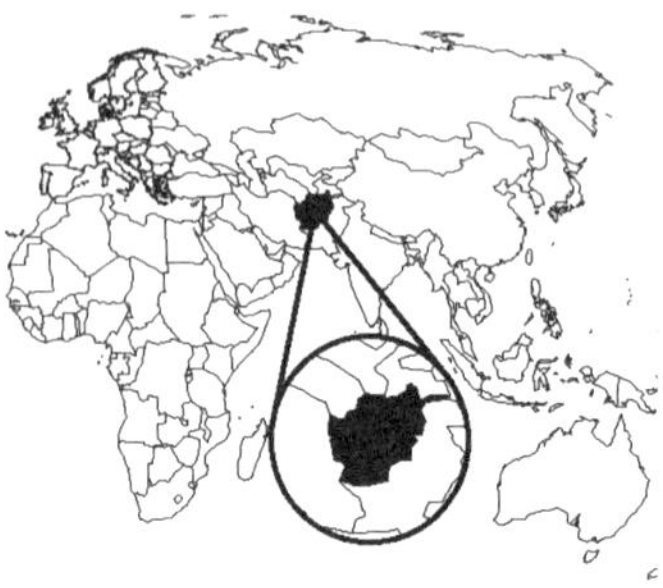

カブールは特別だ。それは着陸まえにもわかる。飛行機は高度を下げないままちかづいていき、上空から、山と山のはざまに、峡谷にそそぐ川で分断された街がみおろせる。ワジル渓谷は大使館や政府機関の建物もある居住区域で、人口の密集したカルテ・セー地区には、国際赤十字の病院がある。

そして、大きく急降下。胃が飛びだしそうになって、その日は一日じゅう吐き気に悩まされる。周辺の山々一帯にしかけられたムジャヒディンの砲台から照準を定められるのを避け、飛行機はきりもみ状態で、急激に降りていくのだ。その間にも、一秒に三、四個の間隔で、何百個もの閃光がはじきだされる。

閃光の正体はマグネシウムのシリンダーで、大きさはミネラルウォーターのボトルくらい、空気との接触で燃え、ミサイルが飛んできてもそれるように、車のモーターより強烈な熱を発する。あいにく、シリンダーはすべて空中で消耗してしまわず、もとのまま地表に到達するのもあって、その多くはカブールのこどもたちの手で家にもちかえられる。幼い手で火のなかにぞんざいに投げ込まれ、炎をあげて激しく燃えあがる。

一年前、カブールのこどもたちの身に起こった災難を、目のあたりにした。ひどい火傷を負い、命にかかわることもすくなくない。

たった五ヶ月離れていただけなのに、カブールの変貌におどろかされた。地区ごとの組織的な破壊が、街を変えている。一年前にも爆撃はたえまなく起こっていたが、これは別物だ。

一見、暴力は減ったかにみえる。去年は、爆弾はたくさんの雷をともなった大嵐にも似た自然な現象で、損害はあっても残酷なものではなく、どこか禁欲的な感じすらしていた。

街で車を走らせているとき、五〇メートル先にロケット弾が落ちて家が爆発したこともある。こういう場合は止まってはいけないと言われていたので、そのまま運転をつづけ、車中でも、ほんの一瞬会話がとぎれただけだった。ロケット弾が落下した場所のちかくには、一分以内に、もう一個落ちてこないともかぎらないのだ。

そういうときは、好奇心や救助をさしむけねばという衝動と闘って、その地域からできるかぎり遠く離れなければならない。

日々、もはや生活環境の一部と化した、こんな現実と同居していた。カブールはこういうところ、それだけのことだった。

ところが、今や緊張と恐怖がある。通りを歩く人まで以前とはちがって、壁すれすれに慌ただしく行ってしまうし、巨大なバザールまで足を運ぶこともめったにない。大きな戦争が起ころうとしていること、まもなく地獄が荒れ狂うことが、だれにもわかり、肌で感じられた。

動員解除の気配があって、政府の役人は荷物をまとめはじめ、爆撃はほぼ毎晩、ひと晩じゅうつづいている。赤くきらめく戦火はちかく、空港も閉鎖、街の出口は道が封鎖されて、通りぬけることもできない。袋のネズミだ。

この戦争の異様さ！

去年は、ベランダでスクードミサイルが飛んでくるのをみていた。大きなオレンジ色の火の玉が、突然、大音響とともに姿を現し、ゆっくり頭上を通りすぎていく。思わずみとれ、興味をそそられていたが、怖くはなかった。しかし、今度の戦争はより陰鬱《いんうつ》で、恐怖を呼びさます。

そして、この閉ざされたカブールのゲットーでも、新しい出会いがある。いつもの朝と変わらず、病院でアルベルトと言葉をかわしていた。

親友のアルベルト・カイロは、病院の理学療法士だ。内気だが有能で、鋭いユーモアのセンスをもち、われわれに委ねられた多くの困難なケースにも、新たな解決策をみいだすべく常に最善をつくす。彼と仕事をするのは楽しかった。

ずっといい友だちで、数ヶ月、わたしとアルベルトとフィンランド人の看護師、エイクの三人で、同じ家に住んでいたこともある。仲よくやっていたが、朝の五時に、庭で七面鳥やウサギといっしょに這《は》いずりまわる彼らに目を覚まされては、思わずののしりの言葉をあびせたものだ。「そういえば」、アルベルトが言う。「救急に行ってごらん、頭に銃弾かなにかが埋まったイタリア人ジャーナリストがいるから」

アフガニスタンの救急処置室でイタリア語を聴くのは、奇妙な気がした。驚いたのは、このRAI（イタリア国営放送）の記者も同じだろう。白いシャツを血で汚し、興奮で汗びっしょりのパオロ・ディ・ジャンアントニオの目のまえに現れたのは、イタリア人の外科医だったのだから。

「エンリコがやられたんだ！」激しい口調で訴えていた。

診察台に横たえられたエンリコ・カッポッツォは、頭に巻いた包帯を血で赤く染め、意識は朦朧《もうろう》としていたものの、なんとか返事のできる状態だった。カメラマンで、戦地での撮影にかけては第一人者とのことだ。機関銃を構えたムジャヒディンを至近距離から撮影しようと、モスクの尖塔《ミナレット》のらせん階段に入りこんでいたという。

そして、応戦してきた相手方の弾に傷つき、くずおれた。レントゲンで診ると、脳から二、三センチのところに金属片が刺さっている。状態は予断を許さず、エンリコの神経は弱りはじめていた。カブールの戦傷者のための病院で、神経外科手術とは。なまやさしいことではなかった。だが、ほかに選択はない。パオロに説明しながらレントゲンフィルムをみせていると、仲間のジャーナリストたちが入ってきた。みんなイタリア人で、その後、わたしたちは親しい友人になる。

小柄ながら偉大なジャーナリスト、エットーレ・モウは戦争の現実を伝えることのできる数少ない人物、ヴァレリオ・ペッリッツァーリはとびぬけたアジア問題通、フランコ・ネロッツィはやはりカメラマンで、三年後には、エマージェンシーの初仕事でイラク領クルディスタンへ入るわたしに同行することになる。

このときは握手も早々に、準備のととのった手術室へ向かった。フランコもいっしょに入って、手術を撮影することになる。緊迫した瞬間もあり、あの状態での外科手術は容易ではなかったが、エンリコは幸運なだけでなく、生命力も強かったとみえる。助かってくれそうだ。

翌日知ったのだが、その夜、フランコが病院で撮影した映像が、衛星を通してイタリアに配信され、全チャンネルのニュース番組で放映されたという。

まったく偶然にわたしの元気な姿をみた、妻のテレーザと娘のチェチリアも、テレビのまえで抱きあって喜んだ。爆撃にさらされたカブールに閉じこめられたとわかっているだけで、わたしからの連絡はひと月ないままだった。

ジュネーブの赤十字総本部になんど問い合わせをしても、返事はいつもおなじ。「連絡は入っていません。たよりのないのは、いいたよりですよ!」やっと、わたしの無事を、ほとんど直に映像で確認できたのだ。

エンリコは快方に向かい、二四時間後には意識を回復、三日後には、アルベルトに支えられ、少し足をひきずりながらも、病院の中庭を歩けるようになった。

度量の大きい男で、あんな状態にありながら、病院にあふれた不幸な人々への気づかいをみせ、わたしたちがすこし見栄を張って集中治療室と呼ぶ大部屋のなかでも、自分のベッド付近の患者に容体をたずねたりしていた。

さらに五日たち、エンリコのイタリア帰国の方法を考えるときがきていた。発砲の一時停止をもとめる交渉がなされ、赤十字の飛行機が着陸するあいだ、三〇分だけ空港も再開されることになる。

猛々しく興奮した何百という戦士の姿をしりめに、救急車で空港へ到着。パオロとフランコもいて、撮影をやめようとしない。

急いで搭乗、いっときも早く離陸しなければならない。

「さよなら《チャオ》、エンリコ」

「またローマで会おう」と、抱きあう。

再出発、短い滑走のあと、パキスタンのペシャワールへむけて飛んでいった。

機体はすぐにちいさくなり、わたしは孤独をひしひしと感じながら、車に乗りこんだ。

あの五月はじめの真昼どき、ローマはひどく遠くに思えた。

19 アルフォンシーネの歌声

アルフォンシーネは一八歳、いや二〇歳かもしれない。ルワンダでは年齢がわからないことはよくあるし、成人して社会人になるのを祝うパーティもない。

多くの女の子とおなじく、彼女も虐殺の初期に、家族といっしょにキガリから脱出した。何ヶ月も森のなかにとどまり、動物のように食べ物をもとめて夜だけ徘徊《はいかい》していたのだ。外では相変わらず殺戮《さつりく》がつづいていた。

アルフォンシーネはとても美しい。巻き毛の下には輪郭のととのった丸い顔、なめらかな肌、それに大きな黒い瞳。ようやく家にもどれるのがうれしくてたまらない。丘の上のバナナの木のあいだにある貧しい家だ。

彼女にとって、大量虐殺《ジェノサイド》という言葉はどういう意味をもつのだろう？　一人、また一人と、親戚や友だちや、村の住民のほとんどが息の根をとめられる惨事を目にして、なにを思うのか？　森からでて、丘をのぼったり下ったりしながら家路をたどったとき、どんな恐怖がよぎっただろう？　彼女を先頭に、妹、父親、母親と、縦一列に並んで歩いていたという。爆発が起こったのは、小道をほぼ頂までのぼりつめたときだ。強力な対人地雷にやられ、三人が倒れた。

キガリの病院は、五キロも離れていない。妹のアンチルが真っ先にたどりついた。歳は一〇歳くらいで、脳に金属片が刺さっている。興奮しきって前後不覚の状態のまま、直ちに手術室へ運ばれた。

一時間後、藁《わら》のハンモックのうえで血を吸ったたくさんの衣類にくるまれて、アルフォンシーネが到着する。

ミシェル・バレは、国連のオーストラリア派遣隊の隊長で、ぽっちゃりしてそばかすのある気のいい女医さん。手術室の廊下で、アルフォンシーネに応急処置を施したのは彼女だ。傷を確かめるため、焼けこげた衣類にハサミを入れたミシェルは「神さま！」と叫び、吐き気に顔をそむけた。

「あとどのくらいかかります？」手術室のドアに顔だけのぞかせて訊《き》く。真っ青になっていた。「もう二〇分」。アンチルの処置は大方終わっていたが、頭蓋骨にひどい骨折があり、脳にも金属片による損傷があって、おそらく助からない。外に横たえられた少女が彼女の姉だとは、まだ知らなかった。

アルフォンシーネの身体は、ほぼまっぷたつにちぎれ、大量に出血している。血圧を手術に耐えられるレベルに保つため、静脈に何リットルも血液が注入され、隣の手術台で準備がはじまった。

アンチルを麻酔が効いたままにしておくと、ほんのわずか、手術着と手袋を替える時間があった。

アルフォンシーネは前腕にひどい傷があったが、ほんとうに悲惨なのは、地雷で吹きとばされ、膝《ひざ》の上までつぶれた脚で、筋肉の一部と衣類のきれはしが粥《かゆ》状になっていた。両足とも切断しなければならず、ミシェルに助手を頼み、手術を急いだ。

手術室にはオーストラリア人の外科医、ジョン・テ大佐もきていた。「たった今、また四人、けが人が運びこまれて、この娘の父親もいる。よかったら、わたしの部下を二人呼んで、すぐ手術をはじめよう。でなけりゃ、暗くなってしまう」。ジョンの言うとおりだ。病院に電気はなく、キガリじゅう真っ暗になるため、夜には仕事ができないことが多い。オーストラリアの軍隊が病院のちかくにキャンプを張っていてよかった。いつも助力を惜しまない、すばらしい人たちだ。豪軍の懐中電灯のおかげで、夜一〇時ごろ、ようやく手術を終え、先に手術した患者の容体を診に、病室へむかった。

「女の子はどう?」

「一時間まえに死にました。昏睡状態から覚めないままで。それに、あの脚を切断したおねえちゃんの方も、もう危ないわ」

怒りで思わず悪態をつく。あの娘が死ななきゃならない理由はない。問題は、失った分の血液を入れてやれば片づくはずだ。

「血液がないんです」。言いながら、看護婦は両腕をひろげてみせる。

アルフォンシーネは呼吸が苦しそうで、血圧は低い。低すぎて測れないほどだ。彼女のベッドのわきに、上下ふたつのハンモックを準備する。まず最初に載ったのは、万人に適合するドナーといわれるO型のミシェル。腕に管をとおし、アルフォンシーネのだいじょうぶな方の腕とつないだ。血液はすばやく流れはじめ、少ししてミシェルがめまいがすると言うまで輸血をつづけた。そのあいだにも、ジョンがオーストラリアの軍人のなかに、もう三人、Oマイナス型をみつけていた。彼らが到着したのはほぼ真夜中で、完全武装のまま、輸血中も機関銃を放そうとしなかった。直列の輸血だ。アレルギーの反応はなく、効果が現れてくる。三〇分後には、アルフォンシーネは快方にむかった。そう願っているから、そうみえるだけかもしれない。がんばれ、負けるな。

「もちなおすって！」ジョンがうけあう。再手術の必要があるかもしれず、二人して、その場で夜を明かしていた。

いずれにしても、アルフォンシーネをみはなす気にはなれず、わびしい病室の闇にいるのを知りながら、このまま逝《い》かせるわけにはいかない。それに、病院には、ルワンダ人の看護師はわずかしかおらず、重症患者を診られるレベルでもなかった。

明け方五時くらいだ。もう二時間、ジョンとわたしはベッドのわきにすわり、まだ意識のないこの女の子をみつめていた。ルワンダの悲劇や病院の改善策について語りあい、ジョンはオーストラリアと自分の家族やマオリの血について、それにカジキ釣りのことを話してくれた。

「尿がではじめた！」ついにジョンが叫ぶ。もう長いこと、お百姓が一心不乱に雨乞いでもするように、尿道管《カテーテル》につないだプラスティックのチューブを、手で支えながらみつめていた。いい兆候だ。気分も明るくなり、疲れがすこしとれた気がする。

午前中、遅い時間になって、アルフォンシーネは目を覚ます。状態は安定していて、血圧も正常に戻っている。切断部分に巻いた伸縮性の包帯に血がすこし染みこんでいたが、心配にはおよばない。今や、問題は重大な感染症を防ぐことだ。

二日後、アルフォンシーネは危険を脱した。食事をとり、命じたとおりの訓練をこなし、よく言うことをきく。

美しい娘にもどり、やさしい笑顔もとりもどして、ちいさな三つ編みまで編んでいる。わたしたちが再生した車いすにすわり、院内で世話をしてくれる女友達二人といっしょにいた。

ジャカランダの木陰で三人が歌っている。ちかよっていくと、アルフォンシーネは、わたしに聖歌かなにかの本をみせ、コーラスに誘ってくれる。

わたしには歌えないが、アルフォンシーネを眺めながら、彼女の未来の幸せを願い、その慈愛にみちた歌声を聴いていた。

20 ジャクリーンの恋人

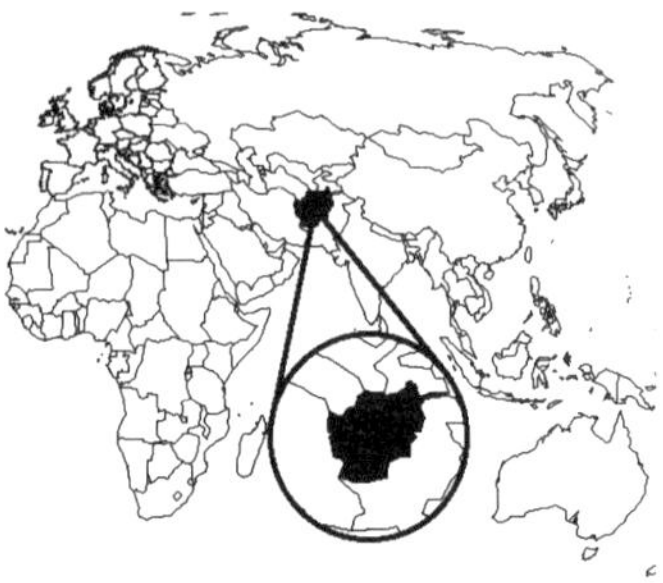

やっとジャクリーンと話ができる。カブールにいた一九九一年以来、彼女とは会っていない。なんど電話をかけても、むなしく呼びだし音が鳴りつづけるだけだった。

タイガーと呼ばれたジャクリーン。あのころ、巻き毛にかこまれた丸ぽちゃの顔と、断固とした性格から、このあだ名を進呈したのは、わたしだったような気がする。

優秀な看護婦、ジャクリーン。闘志満々なのにやさしくて、困難をまえにしても決してあきらめない。タイガーは運が悪いことでも有名だった。病院には、彼女が救急当番のときにかぎって、一ダースもの負傷者がきた。

みんなで冗談を言ったものだ。「ジャクリーンから、無線で呼びだしがあったら、寝袋をもって行けよ。三日は帰れないかもしれないぞ」。外科医仲間で囁《ささや》きあった科白《せりふ》のひとつだ。そして、たいていの場合、お守りの寝袋は忘れてしまうのに、言葉どおりの目に遭っていた。

わたしとジャクリーンはいい友だちになった。

夜には、よく家のリビングで、自由な時間をいっしょにすごしたものだ。それからジュリアンと出会い、タイガーは恋に落ちる。それでも、回数は減ったが、ときどきは会っていた。

彼女とジュリアンは、よく連れだって夕食にきて、定番のスパゲッティを食べていった。病院にもどる必要がなければ、遅くまで音楽を聴いていた。

ジュリアンは元軍人だ。カブールでは、ヘイロー・トラストという対人地雷の撤去や爆破装置の処理を行う、イギリスの組織で働いていた。

彼とは、前年に知りあっていた。わたしたち国際赤十字の人間に対して、地雷の機能や地雷原で仕事をするときの予防注意事項、撤去技術などについて、講義をしてくれたのだ。

賢く好奇心旺盛な若者で、わたしとはすぐにうちとけ、いい友だちになった。彼も、アフガニスタンやアンゴラ、カンボジアなど、さまざまな国でわたしが知りあった同業の人たちのように、信念をもってこの仕事を選択していた。

ヘイロー・トラストは爆発物処理を専門にしていて、法外な給料目当ての傭兵《ようへい》や、野卑でけんかっ早い軍人などいない、真に人道的な数少ない組織のひとつだ。

ある日、自宅の庭で不発手榴弾をみつけたわたしたちは、ジュリアンの専門知識が必要になった。二人の同僚とともに駆けつけてきて、そこらじゅうに砂嚢《さのう》を積みあげ、爆発させてくれた。

彼とタイガーは素敵なカップルで、あと三ヶ月アフガニスタンにとどまり、その後、ヨーロッパにもどって結婚すると言っていた。

今でも、ジャクリーンがうれし涙を浮かべ、歌いながら家の庭に走りこんできた、あの夜のことを憶《おぼ》えている。みんなに妊娠を告げる彼女は、幸せと誇らしさで輝いていた。みんなでいい知らせを祝して、特別に夕食会をひらいた。ほどなく、わたしがカブールを発《た》つときには、結婚式への出席を約束していた。

三週間後、ジュリアンは死んだ。

カブールからすぐのところで、クリスといっしょに地雷の信管をぬく作業中、事故にあったのだ。近くにいたジュリアンも、助からなかった。重い傷と、ひどい火傷。二人とも死んでしまった。

わたしは、この悲劇のことをなにも知らなかった。

何ヶ月か後に、たまたま共通の友人たちと話をしていて、まぢかにせまった結婚式について訊《き》くまで、なにも知らぬまま、彼らの顔に当惑した悲しげな表情が浮かぶのをみていた。

彼らに、いきさつをこまかく話してくれるよう頼んだ。それでも、重体のジュリアンが病院に運ばれてきて、三日後に目のまえで逝《い》ってしまうまで、そばでみていたジャクリーンがどんな様子だったのか、想像もできない。

結局、なんとか勇気をだして、短い手紙を書き送ったのだが、それを彼女が受けとることはなかった。

ようやく電話で話すことができるようになって、ほっとしている。ずいぶん時間がたっていた。ジャクリーンは女の子を産んだ。美人で巻き毛のその娘には、ナイマというアフガン語の名前をつけたそうだ。

二人はフランスで暮らしているが、イギリスにいるもうひと組の祖父母、ジュリアンの両親のもとで長くすごすこともあると聞いて、うれしく思った。

話をしていると、ジャクリーンは、あのころとおなじなのがわかる。タイガーはやった、今度もはねかえしたのだ。彼女は、連絡をとらなかったあいだ、わたしが世界をさすらっていたことも、そのあいだにエマージェンシーを立ちあげたことも知っていたので、わたしは、たくさんの仲間たちと、力を合わせて困難に立ちむかった話をした。

「これからなにをするつもり？　クルディスタンの派遣にこれるかい？」

「娘はどうするの？　まだすこし早いわ。来年の春、また話しましょう」

21 ようこそ、デセへ

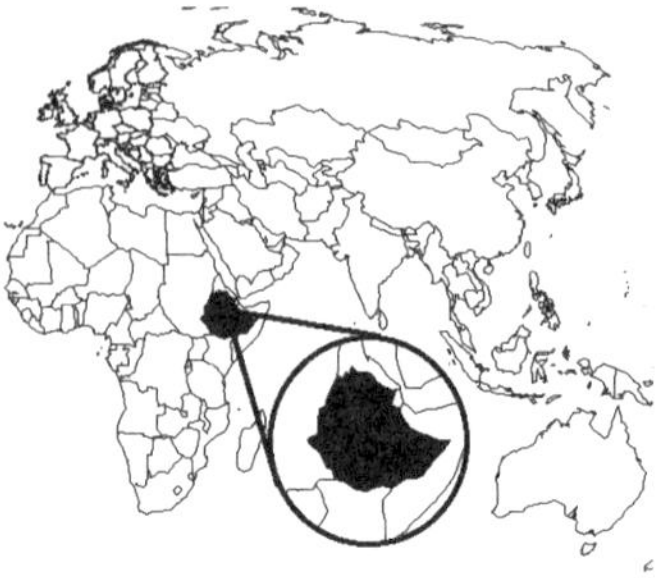

「新しい花」という意味のアディスアベバは、恐怖を抱かせる街だ。大雨を降らせる黒く厚い雲にも似て、避けようのない危険や悲劇がせまりくるような、落ちつかない感じがある。風で大きな葉っぱがしなりはじめると、仮の宿りのこころもとなさや、この地区の救いがたい貧困がひしひしと感じられるが、ともかく、ここには数日いなければならないだけとわかっている。

錆《さ》びたアルミニウムのバラックが音を立ててきしり、屋根の穴をふさいだり、壁の補強のために貼《は》られた宣伝ポスターは、剝《は》がれて舞いあがっている。

いつもなら宿にもどるわたしたちを好奇心むきだしでじろじろみつめ、なんどもハロー！　とくりかえしては喜ぶ、大きな目をしたこどもたちも、みんな、あのあばら屋や樹木の下に逃げるように身を隠していた。

アディスは、入り口に造り物の滝があるヒルトンやプールサイドのカクテルサービスでも、外国人や金持ちがこぞって義務のように訪れる値段ばかり高い二流のイタリアンレストランでもない。アディスは、公園や政治家の彫像のある大通りでも、ブーゲンビリアと機関銃でいっぱいの壁にまもられた大統領官邸でもない。

アディスは、貧困と強要された沈黙と、みせかけの秩序と、仰々しく過激な植物群で観光客の目からさえぎられた、公園向こうの貧民街のバラックのことだ。太い幹に巨大な葉のついた樹木は、自分たちの領域をとりもどし、人間の悲哀をつつみ隠そうとしているようにみえる。

エチオピアはすでに四半世紀まえから戦時下である。政治と民族や部族の問題が、複雑に混ざりあっている。北部ではメンギスツ政権の軍がＥＰＬＦ（エリトリア人民解放戦線）と、それにＴＰＬＦ（ティグレ人民解放戦線）とも衝突していた。

軍隊の略号はわたしたちにとっては意味がない。ここでは交互に撃ちあっているので、頭文字だけではわからないのだ。こちらは親ソビエト、あちらは中国寄りかと思えば、あの動きはことによるとアルバニアに感化されたものかもしれない。それで？　何年ものあいだ、砲撃で村々がつぶされ、家族は散りぢりになって、もはやだれひとり残る者もなく、勝者や敗者という言葉すら、意味を成さなくなる。

人々は訓練して従わせるにかぎる。ＴＰＬＦの兵士たちは政府軍より優位に立ち、順調に領土を勝ちとっていった。

七月のはじめ、わたしは、アディスから北に四〇〇キロのところにある、エチオピアでも重要な街、デセの入り口にいた。

ゲリラ戦ではない。デセには射程距離を長くとった大砲と戦車、それに何千という兵士たち、そして、街の外にはもっと多くの兵士が控えていた。戦いのたびに何百、ときには何千という死傷者がでる。

ジュネーブのCICR（国際赤十字委員会）の本部では、人道的立場から、エチオピア情勢を憂慮する声が高い。

入国許可をとるのは容易ではなく、エチオピアの当局は極めて疑《うたぐ》り深い。CICRの人間は、スパイ容疑かなにかで告発され、すでに二年もまえにこの国から追放されていた。もちろん、でたらめばかりだ。ある政府が、大量の追放者をだしたり、みせしめのため略式裁判で刑を執行するといった、自らの悪辣《あくらつ》な行為が知られると不利益になるとき、典型的な反応としてやるのが、めんどうな組織を国外追放にしてしまうことで、赤十字もまちがいなくそのひとつに入っていた。

そして、疑わしい組織が何百台という異なる車種の車両（トラックやオフロード車など）を所有している場合、それらは、じゅうぶん軍事目的に使えるので、誘惑は抗しがたいものになる。

だが、どうやら当局は考えを変えたとみえる。といって、突然、偉大なる博愛主義者に変わったわけではなく、単純に彼らは戦《いくさ》に負けようとしていて、何百人も負傷者を抱えながら治療する術《すべ》もなく、見捨ててしまうのも軍の志気にかかわるのだろう。

こうして、赤十字の外科チームは受け入れられ、戦いのつづくデセまで行けることになった。ヴィザと通行許可証を手に入れるのに五日を費やしたのち、六人で三台のランドクルーザーに分乗し、ようやく出発できた。

デセまでの道は、時間を逆行するような旅だ。小さな村々、円い藁《わら》ぶきの小屋、ますますやせてわずかな衣類しか身につけない人々、そして兵士の隊列。アディスのバラックですら豪勢に思えてくる。霧につつまれた緑の丘では、エチオピアだけで育つ穀物、テフが栽培されている。これを発酵させて薄く焼いた、やわらかく酸味のあるクレープ状のパン、インジェラはこの国独特の食べ物で、わたしには、いつも地球上でもっとも空想的なものに思える。

山に向かう景色は美しく、どこか不安を誘う。デセとアディスの中間で、短いトンネルに入る。上の方の石に、今でも「ムッソリーニ道」と書かれているのがみえた。

大使館の事務室の小部屋には、あの道路をはじめ、ほかにもイタリア人が造った多くのものについて書いた本があったと思いだす。移民ではなく、軍の侵攻という形で他国に入ったイタリア人に関する、うんざりするような小冊子だ。とはいえ彼らは働き者で、すくなくとも道路を建設したのだから、国にとどまり、列車が定刻に着くよう尽力した人たちに劣ることはない。

数ヶ月後、デセの老人たちと話していて、このすくなくとものの意味を知ることになる。

一九三五年、イタリア軍がデセまで達したときのことだ。空軍は街を念入りに爆撃、肝試しと称して、土地の住民をからかうため低空を飛び、こん棒で身がまえてくる人々を小ばかにしたというのだ。

トンネルを抜けると、ユーカリの森を通って灼熱の「低地」へと降りていく。ここにはアファール族が住んでいる。女たちは裸足で、赤と青の民族衣装をまとい、クルミ大の琥珀《こはく》の首飾りをしている者もいる。頭に水さしを載せ、道に沿って早足に歩いていく。水をくむため、一日に三〇キロも四〇キロも移動するのだ。

二時間ほどすると、ふたたび高地をのぼっていき、コンボルチャにでる。この辺りまでくると、戦争がちかいことがわかる。軍隊の隊列が騒々しく動き、そこかしこに武器があり、人々は神経質になっている。

デセの街は、標高二五〇〇メートルの頂にあり、車で一時間の道のりだ。幾重にも重なる霧につつまれた景色はアンデスの山のようで、カーブを曲がるごとに、後ろに谷が隠れている。一〇メートルもあるユーカリの樹やサボテン、しかし、その上にマチュピチュの遺跡はない……。

デセは貧しい大きな街で、疲れはて、残忍になった兵士たちであふれている。地元の病院には、ほぼ二〇〇人の負傷者がいた。もっとも幸運な者たちは、陽よけのテントの下に積み重なっているが、その他の者たちは、草地に横たわっている。ほとんどが兵士だった。面倒をみる者はなく、外科医もいなければ薬もない。病院のなかはハエだらけで、尿の耐えがたい臭いで息もできなかった。

「ようこそデセへ」と書かれた標識がある。一週間まえ、アディスの空港に着陸したときにみた看板のようだ。「ようこそ、太陽と観光とリクレーションの地、エチオピアへ」

※エチオピア内戦──一九七四年革命により王政廃止。八七年に軍事政権から人民民主共和国に移行、国民評議会議長メンギスツが共和国大統領に就任するが、翌年、分離独立を求める北部エリトリア、ティグレ州の反政府勢力が攻勢に立ち内戦が激化。九一年反政府軍の首都制圧によりメンギスツ政権は崩壊、メレス大統領を首班とする暫定政府が誕生する。同政府は諸部族の融和を図り、九二年の複数政党制による地方選挙を皮切りに、民主化プロセスを進める。九五年の連邦下院及び地方議会選挙では暫定政府を構成するＥＰＲＤＦ（エチオピア人民革命民主戦線）が多数を占め、新政府（エチオピア連邦民主共和国）が発足した。

22 甘やかされたこどもたち

ルアンダからクイトへのフライトは、二時間足らずだ。ちいさな飛行機に四人で乗っていて、友人のエツィオもいた。こんなところで、あの人一倍好奇心旺盛《おうせい》で、怖いもの知らずの「甘やかされたこども《アンファン・ガテ》」をみるのは、変な気がする。なにか発見したときはいつもそうだが、エツィオは神経をぴりぴりさせていた。

彼が、戦争で荒廃した国を訪れるのは、初めてのことだ。感情が高ぶると、エツィオはグラマロット語、ドイツ語、英語、ディオサコサルトロ語など、先祖の言葉を交ぜて話す。眼下の破壊された街を指さしながら、ぼそぼそしゃべっているが、わたしにはわからない。爆弾で壊された家々には、七万人が暮らしていたという。上空からは、わずかに残された屋根を数えることができる。

アンゴラの中央部のクイト県には、長いあいだ、MPLA（アンゴラ解放人民運動）とUNITA（アンゴラ全面独立民族同盟）両勢力の前線がよこぎり、この一帯は戦争の被害も著しい。クイトの街を歩くとグロテスクな光景が目に入る。電信柱は曲がっているか、引き抜かれているかのどちらかで、通りは迫撃砲の穴だらけ、建物は人形の家のように縦ふたつにちぎれて、ぱっくり口をあけていた。壁という壁には弾丸で蜂の巣状に穴があいている。そこに人が残っていなければ、すべてが抽象画か、変則的な形の荒っぽいコラージュにも思えてくる。

廃墟のはざまにシーツやカラフルなこどもの服が干してあり、ときどき、ものめずらしそうな顔がのぞいて、わたしたちの挨拶に応えたりする。

お世辞にも病院とはいえない代物を訪れた。崩れかけた三階建ての建物で、胸がむかつくほど不潔な部屋には、光を通さない青いビニールシートがかかっていた。

床に敷いた段ボールや悪臭を放つ毛布の上に、病人やけが人が横たわり、ハエがたかっている。マラリアや結核の患者、手足を失った者、年をとりすぎて死にかけた者、そのすぐわきには、出産したばかりの女性もいた。

隅っこに片脚を失った男の子がいて、腿《もも》に巻いた、血と黄色い膿《うみ》の染みたガーゼをおさえていた。医者もなく薬も手に入らないため、ほかの多くの人たち同様、死んでいくのを待つしかない。すべてが超現実的で、思わず後ろをふりかえっていた。この不幸な人たちを運ぶ、死体埋葬人がやってきてはいないか？

この部屋で、彼らは眠り、苦しみ、排便していた。人間と家々の残骸のなかで。一階には「キッチン」、つまり大鍋を温めるたき火があって、具合のいい病人が、全員のために米を煮ていた。ときおりエツィオの方に視線をやると、めがねをとって、悪夢に満ちた涙を追いはらおうとでもするように、目をこすっていた。

ちかくの難民キャンプを訪れると、何百という白いテントのあいだを、こどもたちが駆け回っている。砲撃から逃れて、一万人以上が南部から集まっていた。辺り一面、無数の地雷が埋まった地帯を通り、何百キロの道のりを歩いてきている。彼らはなんとかやりとげたのだ。

多くの者が、移動のとちゅうで命を落としていた。

ある者は手足を失っている。どちらが不幸だろう？　ここクイトで、彼らが「リハビリテーション・センター」と呼ぶ場所に収容されている。いったい、どこのたわけたヨーロッパ人が、この崩れかけの大部屋にそんな名をつけたのか。真ん中で燃える大きなたき火の煙で黒くすすけ、五〇人ほどが壁を背に座りこんでいるだけなのに。

ドアのところには、若い女が座って、茫然《ぼうぜん》とこちらをみつめている。エツィオがちかづいて挨拶しようとするが、女には両足がないとわかると、とちゅうで固まってしまう。

手足のない者はみなここに集まっていて、だれかが毎日、食べ物を運んできた。

床の泥とゴミのあいだを、影が這《は》うように進んでいく。何ヶ月、いや何年、こうやってすごすのか？　わたしたちは部屋をあとにしたが、煙草《たばこ》を吸い、頭を揺すりながら遠ざかっていくエツィオは、夜遅くまでなにもしゃべらなかった。

その夜は、軍隊のハンモックで、灰色のちくちくする毛布をかぶって休んだ。穏やかな眠りではない。毛布のせいだと思っていたが、シャワーを浴びていると、ノミに刺されたとわかる痕《あと》が、十数ヶ所もみつかった。ノミには身の毛がよだつ。刺されると何週間も痒《かゆ》みがつづくのだ。ノミのせいでほんとうに気分を悪くしている自分に、いらだっていた。遠回しな言い方をしても、結局、たんなる阿呆にすぎないとうんざりする。あの耐えがたい苦しみの海のなかで、わが身のノミの心配をしているのだ。

ふたたびルアンダへ向けて出発するまえに、朝食に招かれた。主《あるじ》がこの地の郷土料理だと説明してくれる。エツィオの方をちらっとみると、白飯とゆでたじゃがいもだけにしておかず、果敢に料理に挑戦していた。

それから二日間、彼はホテルの部屋に閉じこもり、腹をおさえながらベッドとトイレの往復だけをするはめになる。

「なにかもってこようか?」二日目の夜、ホテルのレストランに下りるまえにたずねてみる。

「レモン」のひと言がせいいっぱいだった。

23 アンゴラの幸せな島

ルアンダの混雑からやっとのことで抜けだした。

アンゴラの首都は、戦争のせいで過剰に膨れていた。二五〇万人の避難民が、郊外のバラックに折り重なるように暮らしている。オシャレなオフロード車でわたしたちを案内してくれたのはマルコスだ。長いことＭＰＬＡの戦士、いや司令官だったそうだが、今は商売をしている。

ルアンダから遠ざかるほど、貧困はすさまじくなる。トタンや看板や段ボールなど、ありあわせのもので造ったバラックが生活の場である。

アンゴラでいちばん大きなリハビリテーション・センターを訪れた。大臣たちとファーストネームでつきあうマルコスが、苦もなく訪問を手配してくれる。

センターは、この悲惨な国では清潔で品のあるオアシスにも思える。よく手入れされた庭で、複数の平屋建ての建物が区切られた総合施設だ。

訪問者のための駐車場や予約のできるミニアパートもあり、ほかにも工房、学校の教室、体育館などなど、至れり尽くせり。

「ここでやっているのは、リハビリだけではありません」。訪問に同行してくれたセンター長の女性が説明する。「社会復帰のお世話もしています。障害を負った人がここで職業訓練をしたり、実際に労働の世界にも入っていけるよう、企業ともよい関係をたもっています」

みなとても親切で、理学療法の設備や、靴や洋服などさまざまなものをつくる工房をみせてもらった。

それから会議室に通され、コーヒーをごちそうになっていると、センター長は、センターの誕生や歴史、その活動を説明するポジフィルムを準備している。おかげでいろんなことがわかった。患者の平均年齢、障害の原因、実際に満足なリハビリが達成できた人の割合、定職に就いた人の数。五年間で、ほぼ六〇〇人の患者を扱ってきた……。

月に一〇人、とすれば多くはないと思う。しかし、どこか感心できない理由は、これではない。

それまでおぼろげに感じていた居心地の悪さが、疑問として湧《わ》きあがってきた。二〇年もの長い悲惨な戦争によって、他に例のないほど破壊された国で、どうしてこんなオアシスをつくるのか、なによりお金がかかるだろうに？ このセンターは、ヨーロッパのどこの国の首都にあっても恥ずかしくない。

当たりさわりのないよう、やんわりと前置きしてから、興味のある問題についてそれとなく情報を得ようとした。「アンゴラでは、戦争で闘った軍人たちにも、手足を失った人が多いと聞いています。そんな方々に関して、この施設ではどんなことをなさっていますか?」

「この写真でごらんいただけるように」、センター長はていねいに応じてくれる。「元軍人は、ここの患者の八五パーセントを占めています。その障害の原因については、この図表のとおりです」

思ったとおり、ここは、戦争に貢献した選《え》り抜きの市民のための幸せな島なのだ。

では、ほかの、対人地雷で手足を失った一〇万人もの人々は? 爆発で脚を吹きとばされた母親や、目が不自由になったこどもたちは? だれが彼らの未来を案じて、いかなる「労働市場」を用意してくれるのか?

哀しい怒りを抱きながらセンターをあとにし、ルアンダにもどる。マルコスのオフロード車の窓から、道ばたで施しをもとめる体の不自由な人々や、生きる糧をもとめてうろつく浮浪児たちの姿がみえた。

※アンゴラ内戦——一九七五年の独立以来、MPLA（アンゴラ解放人民運動、旧ソ連やキューバに軍事依存）政権が社会主義国家建設を目指すが、UNITA（アンゴラ全面独立民族同盟、米国が軍事支援）との内戦が継続。九一年和平協定調印、九二年国連監視下で複数政党制による大統領選および議会選挙が実施されるが、UNITAのサヴィンビ議長が不正を訴え、政府軍とUNITA軍との内戦が再発。国連介入により停戦、和平プロセスの途上で九八年にまたも内戦再燃、UNITAのゲリラ活動が続く。二〇〇二年二月サヴィンビ議長の死去にともなって和平気運が高まり、四月に停戦合意、二七年間にわたる内戦は事実上終結した。

24 クマの家族

チェチリアが九つのときのことだ。娘はわたしに会いに、アフガニスタンの国境に近い街、クエッタまでやってきた。

枕の下に二枚、わたしの写真を入れているのを、母親にみつかってしまったのだ。妻のテレーザが、「まるで聖人のお守りみたいなのよ。たぶん、こんなに長いあいだ、どうして父親がそばにいてくれないのか、わからないんだと思うの。だから、二人で会いに行くことに決めたわ。四日後には着きますから」と、電話してきた。

こちらはまたもやパニックだ。頭のなかは、あふれる思いと古い記憶でいっぱいになっていた。チェチリアとわたしは、こども部屋の栗色のカーペットの上で、積み木の家をつくったり、機関車のおもちゃで遊んだりしながら、果てしない時間をいっしょに過ごしたものだ。

二人で家中を這《は》いまわり、毎日いろんなヴァージョンの新しい「動物ごっこ」を考えだした。クマになって、寝室のベッドのわきに流れる渓流までサーモン獲りに行ったりした。

娘はすくすく育ち、やがて公立の保育園に入る。ガブリ&マーラ保育園はまたとない優れた施設で、おかげでチェチリアの成長ぶりを、日々みまもることもできた。

チェチリアとすごしたあの幸福な時代、「かわいいのは今のうちだよ、大きくなったら厄介なことばかり起こるんだから」などと、知ったふうなことを言う輩《やから》には、「うるさいな、チェチリアはいつまでたってもチェチリアさ」と、言いかえしていた。

あの娘のことをわかった気になっていたのは、わたしの傲慢《ごうまん》な確信でしかなかったのだろうか。ともにすごしたあの時間を、のちの人生のための投資と考えていたのかもしれない。九つの女の子に、何ヶ月も家を留守にしながら、帰ってきてもスーツケースの中身を入れ替えるだけで、また行ってしまう父親への理解を強要していたのだろうか。

怖れというより、戦時下で経験するような、質《たち》の悪い不安が脳裏をよぎっていた。娘を失ってしまったのか、傷つけてしまったのか、わが四〇年の生涯で創りあげたもっとも美しい関係を壊してしまったのではないか、と。

今すぐ、チェチリアをとりもどさなければ……。今なら、きっと、まだ間にあう。魔法の力はまだ完全には失われていないはずだ。とにかく急がなければならない。

パキスタンのカラチまで、二人を迎えに行った。

娘とテレーザはその夜の便で到着するはずだったが、飛行機は四時間遅れ、おかげでわたしは、数ヶ月前から止《や》めていた煙草《たばこ》をふたたび吸うはめになり、その後さらに一〇年間というもの、喫煙の習慣を断ち切ることができなかった。

そしてチェチリアは、わたしの知っている、あの強くて非凡な、気むずかし屋なのに優しい女の子のままだった！　クエッタのすこし凍った滑走路に着陸するときには、わたしのかたわらで、だいじょうぶ、きっとうまくいくから、と、母親を励ましていた。

その夜更け、〇時すこしまえに病院から呼びだしがあった。わたしが受話器を置くよりまえ、チェチリアは目を覚ましてしまい、ひと目で、彼女もいっしょに病院に行くと言っているのがわかった。

結局、親子三人で病院に向かう。テレーザは、「こども」をつれて行くなんて、刺激が強すぎはしないかしら、となんども念をおしていたのだが……。

患者は五人、けが人を収容する大部屋で、担架に載せられていた。湿らせた布で体をぬぐっているところだ。治療してくれる人をもとめて、細い山道を抜け、長い道のりを運んでくるあいだに、患者は土ぼこりで汚れていた。

アフガン人同士の争いで傷ついた人たち、そのうちの三人はこどもだった。チェチリアとおなじくらいの年ごろの子は、脳の一部がとびだし、頬《ほお》をつたって流れていた。かたわらには、黒い服とチャドルですっぽり身をつつんだ母親たちがいる。ぎょっとする光景に目を潤ませたテレーザが部屋からでていくのがみえたが、チェチリアは残っていた。

あの娘は手術室までついてきて、寛大なる心で、もう機関車ごっこも、学校の話も聞いてくれない父親をわかろうとでもするように、何時間も苦悶《くもん》の様子をみつめていた。

わたしはチェチリアからまたひとつ大切なことを学んだ。娘に自分の出発と不在の理由について、もっとまえに話しておくべきだったのだ。そうすれば、枕の下に写真をしのばせたりする必要はなかったのに。

話さないでおいたために、娘はわたしを訪ねてきて、自分で理解し、もはや娘をのけものにならどしておけないことを、父親にも悟らせたのだ。

あの娘は想像以上に成長していた。もう、ひよっ子でもなければ、わたしのあとをくっついてくる小グマでもなくなっている。そして、なにより、あの娘はわたしの選択を、自分の父親が選んだ道を知り、その是非を判断する権利をもっていた。

興味あるものに対するときはいつもそうだが、手術室をでるときもチェチリアはしっかり目を開けていた。

テレーザは、処置のあいまにお茶を飲んだり休んだりするための暗い小部屋で、わたしたちを待っていた。病院までは、冬のアフガニスタンの星あかりに照らされながらきたのに、妻はなぜかサングラスをしていた。

三人で車のところまで歩く。

前方には、傷を負ったこどもたちの一人、三〇分前に手術を終えたばかりのラーマンが毛布にくるまり、点滴のボトルをささげもつ看護師に付き添われながら、自分のテントに向かっていた。左腕には白い包帯が大きく巻かれている。彼の手はロシア製の小さな地雷、ＰＦＭ‐１でぐちゃぐちゃにつぶされていたため、手術では手首から下を切断するしかなかった。うめき声ひとつもらすことなく、黙々と歩いていた。

「手術室にいた子じゃない？」チェチリアが声をあげる。

「どうして泣かないの？」

三人で、長いあいだその理由を考えていた。あの子たちは、ここの子たちは、どうして泣かないのか？　慣れすぎてしまった窮乏、じっと寄り添いつづけ、いつしか生活の条件になっていく悲劇や死について、わたしは堰《せき》を切ったように語りはじめた。おそらく、悲惨な日常が彼らの涙を枯らしてしまったのだろう。わたしたちは、ここのこどもたちのことや、すりむいた膝《ひざ》小僧の絆創膏《ばんそうこう》をとり替えるのすらいやがり、ヒステリックに床の上を転げまわる自国のこどもたちのことを思った。

翌日、なにも言葉は交わさなくても、わたしたちのあいだには、音のない共通の言語があった。あの懐しい日の「クマの家族」にもどったように、これまで以上のちかしさを感じていた。

そして、枕の下の「聖人」は姿を消した。

今ではチェチリアは二〇歳になっている。ときおり、「大人になったら」わたしについて行きたいと言うこともある。

娘におなじ道を勧めたことはない。しかし、少々無謀すぎるかもしれないが、もしそうなれば素晴らしいと思っている。たぶん、彼女からうばってしまった時間の一部を、返してやることができるだろう。

25 嵐のあとの蒼い空

「ドクター・フリオがいらしてますよ」。家主のローザが起こしにきた。まだ朝早く、七時にもなっていないのに、変だ。

ペルー人外科医で、親しい友でもあるフリオ・メディーナは、中庭にオートバイを駐車していた。まるで、今しがたモトクロスのレースを終えてきたみたいで、泥だらけの黄色いビニールのマントをはおっている。

ペルー・アンデスに雨が降ると、アヤクーチョの街は様相が一変する。泥と水が、何時間も轟音をたてながら流れ落ちてきて、通りは汚泥の川と化す。山からは、水流に運ばれて大きな石がころがってきて、家々の扉や壁にぶち当たる。まるで洪水の破壊工作の仕上げに、だれかがツルハシでも使っているみたいだ。

嵐は夜一〇時ごろにはじまり、深夜まで、トタン屋根に打ちつける硬い雨音にかき消されながら雷鳴が聴こえていた。そして、いつのまにか疲れて眠っていた。

今や、太陽が雲をやぶり、まぶしい蒼色の閃《ひらめ》きのなか、霧につつまれたアヤクーチョでは、また人々が家からでてきている。けれど、道という道はほとんど、巨大な岩や堆積した赤土でふさがれたままだ。

「見てごらん、明日の朝はひどいことになってるから」。前日、夕食のとき、山の方に灰色の雲がたくさん降りていくのをみながら、フリオが予言していた。「街の様子はすっかり変わって、三日間は動きがとれなくなるさ」

そして、二人でとりとめのない話をした。といっても、ほとんどわたしは聴いていただけだが、彼はアンデスの雨や自然の美しさと凶暴さ、百姓たちの貧困、社会正義のための闘いについて語っていた。

わたしたちはラテンアメリカの文学について、空想の次元やマヌエル・スコルツァの物語の難解な詩情について議論した。それから、アヤクーチョだけで飲まれるビール、プリムスをすすりながら、フリオは、いつも決まり文句のようにくりかえすアレキパの美しさについて、話しはじめた。そこでは、気候も人々の気質も、熟れたサボテンの実のように甘くて「ここみたいな、ひどいことはない」という。わたしはアレキパを知らないが、少なくともアヤクーチョの気候に関するかぎり、フリオの言い分はもっともだと思えた。

コーヒーをがぶ飲みしながら、急患があって、すぐ病院に行かなければならないことを、説明してくれる。メインストリートは通れないし、オートバイのタイヤには泥が詰まって、バランスをとるには、両足を地面につけるしかない。二キロの道のりに二〇分もかかると、ミラノの渋滞すら懐かしくなる。

ペンキのはげた壁に「緊急」と書いてあるだけの暗い部屋は、応急処置室の役目をしていたが、そこの簡易ベッドに、担架代わりのシワシワの筵《むしろ》に包まれたままの老人が、横たわっている。苦しそうな遠い目をしていて、腹は鞠《まり》のように膨れていた。

診断に疑いの余地はない。手術室に運ばなければ、とフリオに告げる。腸閉塞だった。その老人、といっても、あとでわたしと六歳しかちがわないとわかるのだが、ペドロはスペイン語を解さずケチュア語しか話さないため、フリオが通訳をしてくれる。

症状について説明して、手術が必要なことを納得させ、安心させようとした。

老人はわたしの言葉には無関心とみえ、平気な顔をしている。ところが、わたしたちがでていこうとすると、哀願するような調子でなにか言った。

「手術しないようにって、頼んでるんだ」。フリオが通訳する。

「ばかな、ほかに方法はないのに。手術しなければ死んでしまうって、説明してくれ」。ほとんどうんざりしながら、言いかえした。

フリオはわたしの腕をとり、むせび泣く老人をそこに残して、外へつれだした。すぐちかくに小部屋があって、みんなからセニョーラ・パロミーノと呼ばれる、病院でいちばん年輩の看護婦が、いつもお茶の用意をしてくれていた。

「手術が怖いわけじゃない、しなきゃ死ぬこともわかってるさ。だが、あの人には息子が四人いて、孫はもっとたくさんいる。家の者たちを破産させたくないんだよ……」

わからなかった。「いいかい、ここではみんな金がかかるんだ。薬もガーゼも病院の食事も病室のベッドも。それに外科医にも、手術室の使用料も。もし肺炎なら、痛い出費にはちがいないが、なんとか払えるだろう。だが、外科手術はかかりすぎる。あの家族にとっては、ほんとうに破滅なんだ」

それで思いだした。アヤクーチョにきた最初の日、一週間まえだったが、三階から落ちて頭を打ち、昏睡状態になった男の子がいた。

応急処置室の簡易ベッドに横たわったまま、人形のように動かない。あそこにいた医師、メンドーサは、落ち着きはらって、家族にわたす経費のリストをつくっていた。頭を低くしながら、その紙切れを全部うけとった父親のあきらめの表情、それに母親の涙。

あれは、わたしがこの病院に初めてきた日だったから、ただ、そこに腰かけて、信じられない思いでみていた。まだよそ者の分際で、ほかの医師の仕事に口はだしたくない。それで、すこし離れて座っていた。

看護婦がきて、低い声でなにやらメンドーサ医師に告げると、両親をつれてでていった。数分して、メンドーサも行ってしまい、わたしと男の子だけになる。

三〇分後、その子はひとりぽっちで、その簡易ベッドの上で死んでしまった。

両親は、たぶん、まだアヤクーチョじゅうの薬局を、抗生物質や点滴、麻酔薬や伸縮性の包帯、メスの刃などをもとめて走り回っていて間にあわず、息子に手術を受けさせてやれなかったのだ。治療にお金がかかるのは、ペルーだけではない。しかし、こんな門前払いを現実に目のあたりにし、ここまで皮肉で残酷なやりかた、他人の命に対する完璧なまでの無関心さをみせつけられて、わたしは混乱していた。

こんなことで、老ペドロまで死なせてしまうわけにはいかない。すくなくとも、この病院の、わたしたちが足を踏み入れた外科病棟では。

「フリオ、院長と話しに行こう、いい方法がみつかるかもしれない」。わたしは、党から任命されて病院をとり仕切るラミレス氏のことを知っていたが、親分格の政治家の死後は、不遇な身となっているようだ。

彼はいつもどおり、煙草《たばこ》を吸ったり雑談をかわしたりするだけの部屋にいた。木の机の上には一枚の書類もなく、完璧に片づいている。

ラミレス氏のオフィスをでるとき、フリオは満足そうだった。

「きみは準備に行ってくれ」と、わたしをうながす。「ぼくは、一ソルも払う必要はないって、家族に説明してくるよ。一〇分後には手術室に行くから」

手術はほぼ終わった。ねじれて、もはや死にかけていた腸の一部を切除したのち、腹部を閉じようとしていた。

「あの役人が、きみのだした条件をのまなかったら、ほんとうにヨーロッパに帰るつもりだったのか?」フリオが訊《き》く。

「さあね?」と答えると、緑色の布マスクの下で、フリオは笑ったようにみえた。

ペドロは、一〇日たつとまだ弱ってはいるものの快方に向かい、家へ帰ることになった。長いこと手をにぎりながら、ケチュア語で挨拶した後、たくさんいる孫のひとり、一二歳の少年に体をあずけながら、去っていった。あの子も勉強をつづけられるはずだ。すくなくとも、もうしばらくは。

26 誇り高きエチオピア

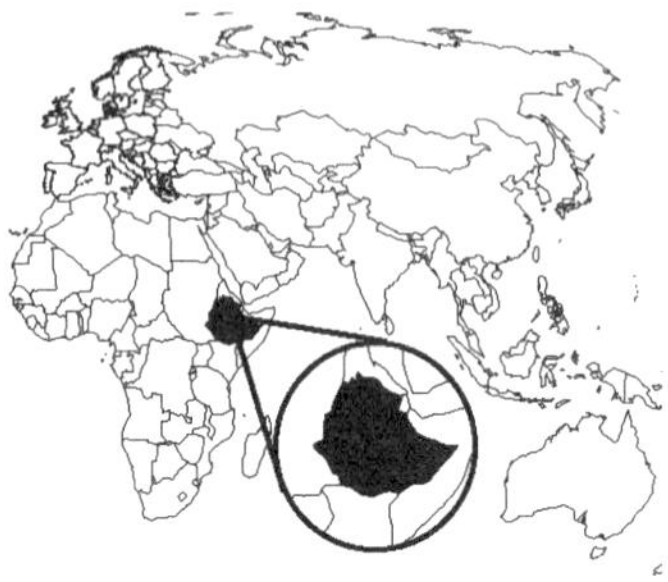

わたしとジュディ、リーナ、ジータ、クラウスは、丘の上の方のプレハブに住んでいる。フィンランド人二人にニュージーランド人、スイス人、イタリア人がそれぞれ一人ずつ。ちいさな寝室、食堂、浴室、それから、夏の夜にはジータがフルートの音色で満たしてくれるヴェランダがある。

朝には、土地の病院まで三キロの道のりを、ハエを追い払うため小枝を振りまわしながら歩いていった。エチオピア中央部のデセでは、ハエはノミについで、ありふれた生き物だ。

病院に入ると薄暗い廊下があって、そこらじゅうにハンモックがつるしてある。横たわっているのは、けがをした者や、結核に苦しむ者、マラリアに罹《かか》った者、肝炎患者、ただ老いているだけの者もいる。

わたしたちのまえで、二人の患者が、ベッドのわきの壁に向かって、平気な顔で小便をしている。そのちかくを、看護師がなにも言わずに通りすぎていく。床はなんでもありだ。ガーゼ、血痕《けっこん》、注射器、トイレットペーパー、排泄物《はいせつ》、食べ残し。病院のなかをすこし覗《のぞ》いてみた。それから、病院長のダッサレン医師がスタッフ全員を召集、わたしたちもミーティングに出席した。

おのおのの紹介が終わり、外科部長のジャーミィ医師が、科の組織や手術室、集中治療などについて説明してくれる。

三〇分まえに、手袋も手術着も、マスクも帽子もつけぬまま簡単な手術が行われるのをみていなかったら、その言葉を信じただろう。もし、病院のなかを通らず、直接、院長室に入っていたら、ジャーミィ医師の説明に感心していたかもしれない。

「今日の手術の予定はどうなっていますか？」ていねいに訊《き》いてみた。

「残念ですが、今日は手術の予定はありません」という答え。

「そんなはずはないでしょう？　たった今、みてきましたが、脚に壊疽《えそ》のある患者が、すくなくとも四人はいましたよ」。しつこく言ってみる。

「ああ、知っていますよ、あれはひどい。でも、輸血用の血液がないんです」

平静をたもつのに苦労した。こんな医者は嫌いだ。あの傲慢《ごうまん》さ、偽善者面《づら》、それになんといっても、患者に対する無関心がいやだった。

しかし、もうすこしだけ、穏やかに対抗することにする。初めて訪れたところで、初日から敵をつくるのはよくない。「わかります、でも、明日になれば血液が手に入るという保証はないでしょう？　今日だって、手術はできるかもしれません。チャンスを与えてあげましょう。明日もあるとはかぎらないんですから」

「話にならん」。乱暴にさえぎられた。「血液なしでどうするっていうんだ」

ときに、腕相撲のように睨《にら》みあう瞬間というのがあって、あとには退《ひ》けなくなる。「部長、約一時間後に手術をはじめます」。きっぱり告げた。「あなたの国の保健省から、やってくれと頼まれてきたんです。ご協力いただかなければ」

それからスイス人の外科医、クラウスが他のスタッフと手術室の準備にとりかかり、わたしは小声でダッサレン医師の腕をとって、最初はむりやりだったが、二人で病棟を一周した。

院長は、外科についてはなにも、おそらく薬学についても知識はなく、たんなる保健省の政治屋にすぎないようだったが、それはどうでもよかった。彼に意見を聞き、他のスタッフのまえで重要人物の気分にさせておく。そして、「教えてほしいのですが……」とか「きっと、あなたもそう思っていらっしゃるでしょうけど……」とか「あなたの豊富なご経験から……」というような文句をちりばめながら、話をはじめた。

でたらめばかりだが、効果は現れ、ダッサレンはうちとけてきて、ほとんど楽しんでいるようにもみえた。

「エチオピア人の面目をたもってやれば、すべてが手に入る」。だれかの言葉を思いだす。こうして二人で、その日と、それから翌日の手術リストをつくった。

ジャーミィ医師は、特に頼みもしないのに、医局に行ってしまった。

何キロか北方の、爆撃のつづく村からきたトラックが一台、病院に着くと、じゃがいもの袋をなげだすように、負傷者を二〇人ほど降ろしていった。

まず、ひどい内出血のある男の子を手術室に運ぶ。爆弾の破片で大動脈が傷ついていた。

麻酔医のジュディの顔に緊張が走る。「血圧が上がらない。五〇以上にならないのよ」

「もう出血はしないよ」。わたしが答える。「血液さえあれば持ちなおすはずなんだが……」

「わかってるわ、もう一時間もまえに四本頼んだのよ。使える血液が、ここの向かいの、赤十字のエチオピア本部にあるはずなのに」

「ほんとうか？　すぐにだれかやってくれ。時間のかかる適合性のテストなんかしてないで、さっさと血液をもってくるようにって」

手術は一時間まえに終わっていたが、わたしたちはまだ手術室にいて、いっこうに現れる気配のない血液を待っていた。

男の子の容体は、ますます悪くなっていき、目覚めることもなく、呼吸もとぎれがち、血圧は上がらず、瞳孔《どうこう》が拡がっていた。

ジュディはあきらめてしまった。「もうだめよ、いったん大脳に障害が起こったら、意識をもどすことはできないわ」

そして、一五分後、その子は息絶えてしまう。

わたしは怒り狂い、手術着を脱ぎすてると、飛びだしていった。

赤十字のエチオピア本部には血液バンクがある。頼んだ四本はどこにあるのか訊いた。

この国ではだれも彼も部長だが、本部長と名のる人が、わたしを自分のオフィスに通し、血液は軍隊のために保存されていると説明してくれる。わたしたちの要求は、検討すらされていないと悟った。

これが、赤十字エチオピア本部の現実である。憤慨のあまり、ひと言も発することなく、その場をあとにした。頭のなかには、あの、今しがた息をひきとったばかりの子の、大きく見開いた目が焼きつき、あと一分でもこのオフィスに残っていたら、愚かな犯罪に手を染めてしまいそうな気がした。

27 ラマダン・パック

バクラヨは、スレイマニア郊外の人口密集地で、一九九五年一一月にわたしたちがコレラ患者のための野戦病院を設営した、古い滑走路のちかくにある。

一九九六年の夏から秋にかけて行われた、サダム・フセインの戦車によるエルビル占領、それにつぐＫＤＰへの「所有権の移転」といった軍事行動のあと、多くの家族が、政治的敵対者として首都を追われた。

三万人を超える人々が、エルビルを離れなければならなかった。武装した者たちが家へやってくるやいなや、外にひきずりだされ、一時間以内に街から姿を消すよう言われる。さもなければ……。

こうして、たくさんの家族が着《き》の身着《き》のまま、多くはパジャマ姿で、徒歩の旅についた。おなじことは、スレイマニアの反対派の家族にも起こっていた。

バクラヨでは、数年前に「公営住宅」の建設がはじまった。三メートル×三メートルのちいさな部屋は、一軒につき二部屋、それに浴室がついているだけだ。だが、やがてそれすら建設費の不足から工事半ばで放置され、四本のむきだしの壁に屋根があるだけ、床もなければ、ドアも窓も浴室も、水や電気もなしという、いわば泥と肥だめのなかの廃墟のような状態になっていた。この廃墟を、ひと部屋にひと家族、二七〇家族が割りあてられ、計一七五〇人が暮らしている。

この人たちには、仕事も、食べ物を買うお金もなく、ただ生き延びるためだけの、動物のような生活である。

国連のそっけない専門用語では、彼らを「国内難民」と呼ぶ。ほんとうは、避難民というより、政治体制の犠牲者という方がふさわしい。自分の国にいるため難民とはみなされず、お偉い弁務官(UNHCR=国連難民高等弁務官)たちも手を差しのべられない。お役人の勝手な言い分だ。

こうして国連事務所は介入してこない。WFP(世界食糧計画)が、ひと月に、小麦とレンズ豆少々、それに植物油〇・九リットルを配給しているにすぎない。

ユニセフはなんにも、まったくなんにもしない。あの家族のなかには九七四人のこどもたちがいて、寒さと病に震え、日々死の危険にさらされ、ほんとうに死んでしまった者もいるというのに。

バクラヨの状況を知ったのは、わたしたちが衛生局の総局長ナウザッド・リファット医師から手紙をうけとった、一月一三日のことだ。「……多くの国連事務所がバクラヨを視察にきましたが、あのたくさんの家族の悲惨な生活条件は、なにひとつ改善されていません……エマージェンシーのお力を信じています」

ある日、まず実地調査を行う。激しい雨が、泥と排泄物《はいせつ》にまみれた「家」を水浸しにしていた。いつのまにか寒波が訪れ、夜は零下一〇度、もしくはそれ以下まで冷え込むようになっていた。

ここのこどもたちや、その家族も戦争の被害者にちがいない。なにかしよう、と決断するのに時間はかからなかった。

つぎの二週間で、エマージェンシーから、部屋を冷気から隔てるため地面に敷くビニールシート、暖房と料理のための灯油ストーブ、ランプ、飲料水のためのちいさな水槽、ゴミ収集のためのタンクを配給した。

イスラム教の断食の月、ラマダンの時期がきた。断食の最後には、「エイド・ムバラク」という、一年でいちばん大切な祭りがある。バクラヨの家族は、祭りをどんなふうに過ごすのだろう？ 病院でもラマダン後のご馳走のしたくをはじめるころ、様子を訊《き》いてみた。

目下、陽が射すと泥にかわる雪の下で暮らしている、二七〇家族のために、「クリスマス・パック」ならぬ「ラマダン・パック」を準備することに決めた。米、砂糖、油、トマトペースト、肉、豆、それに洗剤と石鹼少々、こどものおもちゃも詰めた。

バクラヨの共同体では、エマージェンシーに親しみをおぼえ、喜んでくれたようだ。食べ物配給の様子は、地元のテレビでも紹介された。

　バクラヨから手紙を一通もらっている。だれかが翻訳してくれるのを待っているが、クルド語で書かれたその心は、わかっている気がする。

28 キリング・フィールドふたたび

あの夜は、映画館でエンニョとけんかになりそうだった。ローランド・ジョフィの『沈黙の叫び』（『キリング・フィールド』のイタリア語タイトル）を上映していたホールからでると、車のところまで行かないうちに言いあいになっていた。

二人とも元「六〇年代の闘士」、かつてベトナムやラオス、カンボジアの解放闘争を熱烈に支持し、スローガンを掲げてデモに加わった経験をもつ。

当時は、どちらが善か悪かなど、疑う余地はなかった。世界の警察であろうとするアメリカのいきすぎた帝国主義は、多国籍企業が牛耳る資本主義経済の利益の砦《とりで》でしかない。一方、わたしたちは、ナパーム弾を浴びた農民や、慰安宿で侵略者に体を売ることを強いられた女性など、弱者の側についた。

ずいぶんあとになって気づくのだが、なにもかも、あまりに単純な論理だった。年月とともに、白黒二色に分かれた世界だけでなく、そのはざまにある、かぎりなく曖昧《あいまい》な部分が、ゆっくり痛みをともないながらみえてきた。

かつてのわたしたちは、ほんとうにあの映画でみるような、狂信的で無慈悲な殺人者の集団を称《たた》えていたのか？

とてもうのみにはできず、それが真実だとは認めたくなかった。たしかに、七〇年代の終わりごろ、カンボジアで起こっていたことに関する情報は多くなかった。それも、こちらの側に関わることでなければ、なおさらすくない。だが、その後何年たっても、事実がこうだったなんて思えない。あのフィルムの映像——明らかにナチスと同類の凄惨で冷酷な大量殺人《ジェノサイド》——が現実で、全部が全部、真実だとは、どうしても信じられなかったのだ。

エンニョの方は熱心に映画をかばっていたが、わたしの批評は、結局のところ、ある時代の政治的考え方か、もしくは、それを支えていた情熱を弁護していたにすぎない。

何年かのち、アメリカでもっとくつろいだ気分のときに、もういちど、ひとりであの映画をみた。

キリング・フィールド、虐殺の荒野。原題はイタリア語のタイトルより明瞭で、映像も、オリジナルバージョンはよりドラマティックだ。今度は内容を受け入れることができた。すべてを信じやすくなっていたのは、エンニョがそばにいなかったからかもしれない。わたしたちは、互いのことが大好きなのだが、ふたりの意見が合うのは一〇年にいちどと決まっているらしく、そんなときは大喜びでワインのボトルを空けるくらいだ。

あの映画館の出口では想像もしなかったが、のちにわたしは、主人公のジャーナリスト兼ガイド、逃亡者のプランが、虐殺の荒野を逃れて最後に行きつく、木の屋根の上に赤十字のマークが描かれた、あの病院で働くことになる。

村の名はカオイダンといい、タイとカンボジアの国境にある。付近には、密生した樹木のかげに、木材と藁《わら》でできた高床式の家がちらほらあるだけ。そこに住む農民たちは、大きな角のある水牛といっしょに、日がな一日、畑や水田で過ごしている。

カオイダン辺り一帯に広がるカンボジアの森には、生き物はいないようだ。タイからは、アランヤプラテートの街を後ろにみながら三〇分、きれいな舗装道路を走っていく。とちゅうにはタイの軍隊による検問所が何ヶ所もあって、特別の許可証をもっていないと通してくれない。

というのも、カオイダンとはカンボジア人亡命者のことで、一九九〇年には、カンボジア人亡命者とは、ほとんどの場合、クメール・ルージュのことだったからだ。ポル＝ポトの信奉者で、今は国の支配者ではなくなったものの、国境線の難民キャンプを軍事力でコントロールしている。

難民のバラックは、有刺鉄線から二〇メートルのところまでちかづかないと、ほとんどみえない。キャンプAには七万五千人、キャンプKには一三万人。もはやタブーではなくなった過去と、新たなるキリング・フィールドの亡霊たちが、ふたたび、そのおぞましき姿を現している。

なぜかというと、難民キャンプは権力と保護の源だからだ。難民たちにとってではなく、それをコントロールする者にとって。難民は人質であり、盾になって、国際的援助という金を引きよせてくれる。貴重な囚人をでていかせるわけにはいかないのだ。

カオイダンには、カンボジアの内戦による負傷者のため、国際赤十字の病院がある。難民キャンプのはじまるところから二〇〇メートルの位置にある病院の出入口も、タイの軍隊にコントロールされている。

初めてここを訪れたとき、どこか異様な感じがして、病院の上手の丘の森をみつめていた。もう一人のプランが、裸足に血をにじませ、疲れはてながらも恐怖から逃れるため、今とはちがう未来への希望をもとめて、葉っぱの陰からでてくるのを待っていたのか。

だれも現れはしなかったが、やがて、どれほど多くのプランが、飢えに苦しみ、マラリアで衰弱しながら、その丘を越えようとしたか知ることになる。そして、どれほどの人がカラシニコフ銃をもったクメール・ルージュの残党たちに不意をつかれ、殺されていったか。阿片《アヘン》に溺《おぼ》れ、虐殺の欲望を抱えた年端もいかない兵士たちは、簡単に引き金をひいてしまうのだ。

病院内には壁があまりなく、病室の仕切りは竹製、負傷者たちは筵《むしろ》の上で眠り、米を食べていた。

うだるような蒸し暑さのなか、幸いそれほど攻撃的ではないちいさな蚊が繁殖し、さらに、それを栄養にする無数のヤモリが、手術室まで、仕切りという仕切りにはりついていた。

カオイダンには負傷者がいっぱいで、たいていは手足のない若者たち、それにこどもも多かった。

地雷がまかれた数にかけては、世界でも真っ先に名前があがるカンボジアでは、二三〇人に一人が、地雷による事故で、片脚あるいは両脚を失っている。とはいえ、結局、この人たちは、あの虐殺を逃れることができたのだ。逆説的な言い方をすれば、彼らは特権を得られた人たちでもある。

地雷によってまっぷたつに引き裂かれ、出血多量の瀕死の状態で病院に担ぎこまれながら、ひと月後の今では、入り口のベンチに座って、新しい負傷者を運ぶ救急車の往来を眺めている、キム・パークのように。

コロが四つついた木の板に載り、手でころがしながらあちこち動きまわっている。

まもなく彼は退院し、有刺鉄線で囲まれた、このちかくの難民キャンプのバラックに行くだろう。そこでは頻繁に暴力沙汰が起こり、どんな権利も存在しない。なにもかも聞こえないふりをして黙っている方がいい。「まちがえた」というひと言だけで、夜中に頭に弾丸を撃ち込まれたり、ベッドの上でのどをかき切られたりするのだから。

それにひきかえ、特権者は、クメール・ルージュと、少し離れたタイの軍隊に監視されながら、この動物園のような場所で生きている。だれも、映画のようにニューヨークをみることはないし、プランのように有名になることもない。

エンニョの言ったとおり、あれが真実だった。心のどこかでは、ずっと以前から気がついていたのだが、やっと今、ほんとうに理解できる。

※カンボジア内戦――一九七五年のロン・ノル親米政権崩壊後、ポル・ポト派(クメール・ルージュ)、シアヌーク派、ヘン・サムリン派、ソン・サン派による内戦が続いたが、九一年一〇月「カンボジア紛争の包括的な政治解決に関する諸協定」(パリ和平協定)締結、国連カンボジア暫定行政機構の下、国家体制の整備が進む。九七年二大政党系列の軍が武力衝突、フン・セン第二首相率いる人民党勢力がカンボジア全土を制圧する。九八年日本をはじめ国際監視団の見守るなか総選挙が行われ、人民党・フンシンペック党連立によるフン・セン新政権樹立。同年国連代表権を回復し、翌年にはＡＳＥＡＮ加盟も実現した。

29 シューマッハとターボ

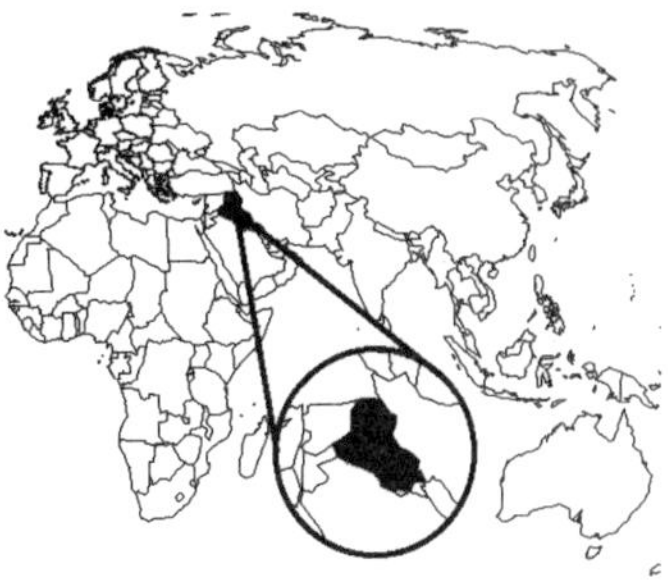

一九九六年九月、イラク領クルディスタン。

デガラ周辺では、敵対する党派間の戦闘がつづき、村には大砲や迫撃砲の弾が降ってくる。ミサイルが高圧線に命中して粉々に砕け、ある家の上に落ちた。家は燃えあがる。三人が重い火傷《やけど》を負い、村人が駆けこんできた。けが人の一人は、死にものぐるいで助けをもとめつづけている。

ジャマル・ハマは一八歳。人垣のなかで、なじみの友だちの叫び声を聴いて走りより、とっさに、感電していた友人から電線を離そうとして引きずり、片脚が触れてしまった。と、放電で一五メートルも吹きとばされた。

ジャマルは意識がなかった。左腕と両脚、それに胸部にもひどい火傷があり、骨盤が折れていた。

スレイマニアのエマージェンシーの病院に運ばれたときは、絶望的な状態だった。片方の腕と肩は焼けこげて炭になる寸前、命を救うためには切断しなければならない。火傷の治療が終わって立てるようになるまで、二ヶ月はかかる。といって、歩くことはできないのだが。

ファラド・カリルは一五歳。ヒツジ飼いである。一〇月一六日、いつものようにヤギやヒツジをひきつれ、自分の村、カラタクにもどるとちゅうだった。草原で友だちに出会う。なにか瓶のようなものをいじっている。「きてみろよ、たぶんバザールで売れるぞ」

この辺りの山には、長かったイラン・イラク戦争の遺《のこ》した、いろんな形や大きさの変なものが、無数にころがっていて、ファラドもなんどか拾ったことがある。ときには、それが村のバザールで決まって引きの多い、良質の金属だったりする。

興味をそそられたファラドが、近よっていく。爆発はものすごい音で、目のまえにいたはずの友だちの姿は消えさり、対人地雷の威力で一瞬のうちに八つ裂きにされていた。ファラドは地べたの血の海のなかにいた。

親戚が病院につれてくるまで、六時間かかっていた。ファラドはショック状態、とり乱していて、顔面はぼろ切れのように蒼白、両脚はつぶれていた。二日のあいだ生死の境をさまよったが、なんとか快方に向かう。膝《ひざ》を残したまま、両脚を切断するため、四度の外科手術が必要だった。

この二人の男の子は、かなりちがっている。

ジャマルはいわゆる気むずかし屋、もの思いに沈んだ感じで、夢みがちのところもあり、チベットの僧かチンギス・ハーンの末裔《まつえい》といったところ。

ファラドはいつも笑っていて、陽気でひょうきんな印象、ブラジリアン・バンドといっしょに歌ったり踊ったりするのが似合いそうだ。

ジャマルとファラドは病院で知りあい、同室になった。ファラドは、病院内でも、車イスを飛ぶように速くこぐことで知られ、狂ったような勢いでカーブを曲がるので、シューマッハというあだ名までもらっていた。

彼には交通法規など存在しなかったので、そのうち壁に激突して頭をつぶしやしないかと、わたしたちはまじめに心配していた。

ジャマルは、ゆっくり足を引きずりながら数メートル動くだけで、一日の大半の時間は座っていた。残っている方の肩で松葉杖にもたれながら、体の平衡をたもてるとは思えない。わたしたちにとっても、既成のリハビリ・プログラムを処方するのは難しく、ジャマルには彼だけに適した理学療法が必要だった。

そして、ほとんど遊び心からアイディアが浮かんだ。ジャマルはファラドの車イスを押せるかもしれない。これで、無鉄砲者には、いつぶつかってもおかしくない危険なレースをやめさせられるし、ジャマルは、松葉杖より安定したものにもたれながら、動く練習をはじめられる。

「おーい、シューマッハ、新しいエンジンがきたぞ！」看護師がそう言うと、ジャマルにもあだ名がついた。ターボだ。

シューマッハとターボは友だちになった。

ターボは痛みに耐え、自分の速さを自慢できなくなったシューマッハは、少しうんざりしたような様子で、二人して病院内をまわっていた。

この二人の少年には、どんな未来があるのだろう？　彼らのように障害をもった者には、この国で職につける望みはない。なにかしてやれるかもしれない。

四ヶ月すると、シューマッハは脚に義足をつけられる状態になるが、どれくらいうまく歩けるかはわからない。

あの子は非常に腕力が強く、実行力にも長《た》けている。彼にふさわしい手仕事を見つけてやれるかも……。松葉杖を組み立てる仕事をしてみないかと声をかけると、興奮して「やる」と言った。アルミニウムのチューブを切って穴をあけ、ハンダづけする仕事は、ほんとうに彼の職業になるかもしれない。

ターボの方は頭が切れるので、注文をとったり、帳簿をつけたり、「顧客管理」をしたりと、こちらの方はちょっとやることが多いのだが……。

シューマッハ＆ターボによる、新しい工作所の準備がはじまった。スポーツカーの生産はしないが、松葉杖や車イス、それに、ほかにも整形外科の器具をつくる。

そのうち、アルファベットも読めなかったシューマッハは、読み書きを習うことに決め、ターボが先生になった。テスト・ドライヴの合間には、病院の中庭で、言葉だけでなく計算も教えた。ターボは独学で英語を勉強するようになった。「会社」の未来は、わたしたちのような外国人との交渉能力に左右されるとわかっているのだ。一人は、相棒が価格表をなかなか覚えないと嘆き、もう一人はカタツムリのようにのろのろ歩くのにうんざりしている。

ともあれ、少々不平は多くても息のあったこの奇妙なコンビは、前進している。そしてある日、わたしたちは、やがて病院の門の外で彼らが自主的に生活費を稼ぐことができるよう、二人だけのちいさな作業場を設ける約束をした。

われわれエマージェンシーは、二人のいちばんのサポーターとして、レースを追いかけている。シューマッハとターボが、とりもどした尊厳というチェッカーフラッグを、トップで駆け抜けるのをみていたい。

30 ヘルメットをかぶったアフガン人

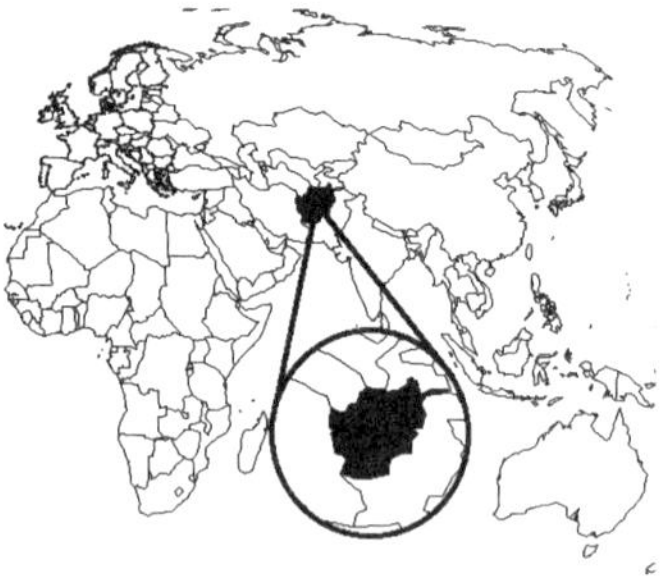

まだ朝六時にもならないのに、また今日も戦闘がはじまる。しかし、この銃声はいつもよりちかい、恐ろしくちかい。一瞬ののち、はっきり目が覚めた。窓から弾が飛んできて、ベッドの上一メートルのところにめり込んだのだ。ベッドからすべりおりると、毛布をひっつかんで体に巻き、腰をかがめてキッチンへ降りる階段に身をひそめた。

下から、夜勤を終えて帰ってきた者たちの声が聴こえる。この家はカブールの病院の柵内、手術室のすぐ裏手にあり、当直時の朝食や仮眠のためにも使われる。銃声は激しさを増し、カースティン、リヴ、シビルの三人は、わたしの突然の出現にも、その格好にも驚くいとまがなかった。大砲や重い機関銃を撃ちあう、本物の戦争だ。わたしたちは、できるだけ窓から離れていた。ムジャヒディンの異なる党派のあいだで戦いが勃発《ぼっぱつ》していた。カブールが陥落し、憎むべき共通の敵であったナジブラ大統領一派が逃亡したあと、各党は、マスード派とヘクマティアル派に分かれて闘っている。

五分後、耳をつんざく轟音。ロケット砲が家の門に命中したのだ。と、いきなりムジャヒディンの一団が庭になだれ込み、家のリビングで、互いに機関銃をかまえ、狂ったように撃ちあいをはじめた。だれに向かって、なにを争っているのか、判別できる余裕もなければ、知りたくもなかった。わたしと他の三人は階段の下に避難したが、身を隠せるものもなく、恐怖がつのった。

家という家、ドアというドアで、さまざまな党派が闘っている。その戦略は単純明快だ。敵を住処《すみか》から追いたて、外に引きずりだす。でてこなければ、一気に家を吹きとばして、おしまい。

まもなく、別の戦士のグループが、わたしたちの家から起こった砲撃に応じはじめ、極端に激しい応酬をみせる。ロケット砲で屋根の一部とガラス窓全部が吹きとび、リビングには至るところから砲弾の嵐が入ってきて、弾に当たったムジャヒディン兵士がひとり、瞬く間に床にくずおれ、自慢の赤いブカラの絨毯《じゅうたん》の上で死んでしまった。

銃の射程距離に身をさらしながら、なす術《すべ》のないわたしたちは、今や、ほんとうにパニックに陥っていた。だが、一瞬、互いに顔を見あわせると、思わず笑みがもれそうになる。罠《わな》にはまった四匹のネズミが、毛布やビールの空き箱で身を隠そうと思案していた。

しかし、危険はあまりにもちかく、笑ってはいられない。不安が怒りとともにつのってくる。

「いったいだれのせいで、こんなハメに陥ってるんだ?」

困ったことに、これはフィクションではなく、弾丸は本物だし、絨毯の上にのびている男は、演技ではなく即死している。で、どうやってここから抜けだそう？　恐怖に凍りつくとはこのことで、言葉までででてこなくなっていた。

恐怖に対しては、人それぞれ、自分なりに反応する。しゃべらずにいられない者は切れ目なく話しつづけるし、シビルやリヴのようになにかせずにいられない者は、仲間の記念写真を撮ろうと、隠れていた隅っこから交互にでてきては、「ハイ、チーズ」と、みんなを笑わせる元気をふりしぼったりする。「あとでこの写真をみるとおもしろいわよ」と言いながら。

それにひきかえ、わたしのようにひとり黙って、自問自答していないとだめな者もいる。恐怖それ自体が生理的なもののように、すばやく高まって、舞台のお膳立てまでしてしまうのを、はじめから反芻《はんすう》してうち勝とうとする。そして、こんな悪い状況はつづくわけがなく、やがてはすぎていくもの、怖ければ怖いほど、すべてが終わる瞬間はちかい……などと考えている。

遅かれ早かれ、終わるはずだから。

おなじような言葉ばかり浮かび、頭のなかでくりかえしていた。結局、これは以前にもなんどか経験したことだし、こんなことは起こっても、いつまでもつづきはしない、終わりまであとすこしの辛抱だ、もうすこしだけ、あとちょっと……。わたしの場合はこんなふうで、自分を安心させる文句を呪文のように唱えながら、耐えていた。

こんな混乱を予想はしていた。わたしたちの家や病院のまわりに塹壕《ざんごう》が築かれ、そこから屋根に向けて機関銃がかまえられるようになって、もう一週間たつ。そのころから、ヘルメットをかぶったアフガン人をみかけるようになり、その姿は、長靴をはいた猫ぐらい当たりまえになっていた。

しかし、国際赤十字の「政治屋」たちは、心配にはおよばないという。「軍隊の幹部と話をしたから、彼らはわれわれがだれで、どこにいるかわかっているし、みな敬意をはらってくれる」と。

アフガン人のことや、なにより赤十字スイス本部の代表者たちのなかにはびこる素人考えを知っていたので、彼らの言うことは、一瞬たりとも信じてはいなかった。

肝心なのは、たった今起こったばかりの五時間のできごとであり、まだその渦中にいるということだ。まわりには闘いの残骸《ざんがい》がころがり、床には薬莢《やっきょう》と弾丸が散乱していた——翌朝には大量に集めることになる——が、なおも、わたしたちはその場を動くことができず、今回ばかりは、終わりは永久にこないような気がした。

無線で病院からわたしに呼びだしがかかる。「どこにいる?」

「ハウス35」

「手術室までこられるかい?　けが人がもう一〇〇人を超えてるんだ」

「むり、むり、動けやしないよ」

「だれかけがをしたのか？」

「いや、みんな無事」

と、後ろにいたカースティンが、その日初めて大笑いする。あとで夕食のときには、なんどもわたしの口まねをしていた。

ジェスチャーをまじえて友だちに状況を説明しながら、弾丸が飛んでくるピューッという音や大砲のドォーンという音、それにわたしの「みんな無事、みんな無事」という声色をまねては、さんざん笑いころげていた。

スウェーデン人のカースティンは、赤いほっぺと人形のような顔をしたかわいらしい女性で、世界でも数すくない麻酔専門医だ。信頼に応えてくれ、声を荒げることもない彼女とは、気持ちよく手術ができる。非常に深刻なケースでも、とり乱した姿はみたことがない。カースティンが笑うと、頬《ほお》はますます赤く染まり、部屋中がしゃくりあげるような明るい声でいっぱいになる。

どうやら戦闘は峠を越し、「敵」は移動したようだ。ムジャヒディンも、状況の変化に気づいたのだろう。リビングから機関銃を撤去し、二人がかりで死体を引きずって、なぜかヴェランダに放りだし、ひと言も残さないまま、庭を囲む壁をよじ登って行ってしまった。大したこともなく、ちかくの家に移っていったのだ。

こんな非情な人間狩りの日々を、毎日、何百という砲弾の雨を降らせながら、やがて百万人が暮らすこの街を破壊しつくすまで、何ヶ月もつづけていくのか。

病院は、その後七回の爆撃に遭う。整形外科センターやわたしたちの家も被害を受けた。この魅惑的で不幸な街、カブールの住民たちの家もおなじで、もっと不運な人たちは、今なおあそこで、終わらない戦争の残骸のなか、寒さに震えながら必死で生き残ろうとしている。

31 自転車のこと

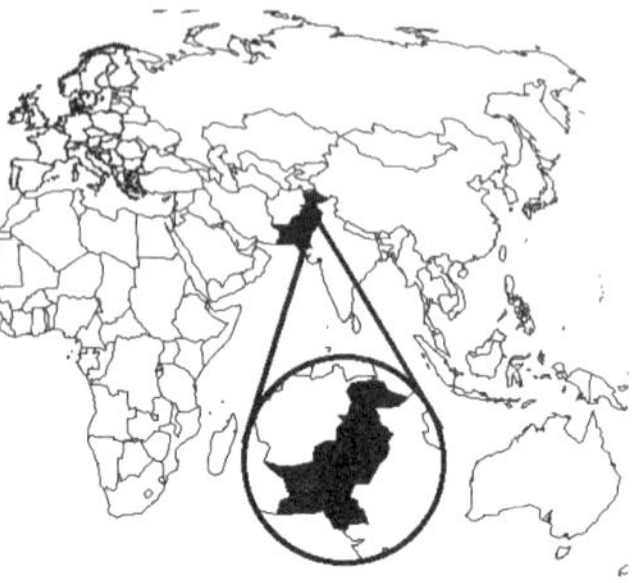

もう三回目、またテープを巻きもどし、音楽がはじまる。ベッドに寝そべって、ピンク・フロイドの『アニマルズ』を聴いていると、飽きることがない。

わたしにとっては、もっとも魅力的かつ衝撃的なアルバムで、このなかには、不協和音とめまぐるしく変わるリズムと挑発が詰まっている。毎回、自分をこの音楽に適応させ、理解したり堪能したりしはじめるが、突然、リズムが変わって、また一からやりなおすことになる。

無意識のカーテンを無理やり引きはがされるみたいに、あなたという人をあなたにつきつけ、いや、むしろ、わたしという人間をわたしにつきつけるため、防御や保護の膜をすべて壊したらどうなるか、あの執拗《しつよう》な音に腹のなかを探られている気がする。ピンク・フロイドのおかげで考えさせられ、これまで怖《お》じ気《け》づいては追いやってきた感覚に、思いを馳《は》せてしまう。

わたしがこのパキスタン国境にいるのをみたら、父はなんと言うだろう？　どうして父のことなど考えてしまうのか？　もう二〇年以上もまえ、わたしがまだこどものころに死んでしまったのに。今日、バザールに行って、自転車をたくさんみかけたからだろうか……。

父はいつも自転車に乗っていた。仕事場から油まみれの作業着のまま、ものすごい速さでペダルをこいでもどってきた。自転車が中庭の物置きのなかに入ってしまうまで、あとを追いかけて走り、やっと父のズボンにしがみつけるのだ。

作業着のことを、ミラノの方言で「調子《イル・トニ》」と呼ぶのはなぜか知らないが、わたしは油やエンジンオイルの匂いが好きだった。

いっしょにつれて行ってくれることも多く、郊外のセスト・サンジョヴァンニの小道を走るときなど、きゅうくつな黒いチューブの上に腰を乗せて、ベルを鳴らしていた。

あの並はずれた男とすごした日々の記憶の小道。工員だった父は、大きな手でなんでもつくってしまう。わたしの木のおもちゃは、リモコンボックスや馬小屋のついた兵隊の砦《とりで》も含めて、すべて父がこしらえてくれた。

独学だが教養のある人で、オペラを愛し、わたしを腕に抱いたまま、しかめっ面をしてみせ、バリトンの声を張りあげて「あの厳しい顔つきの男は……」（ダニエル・フランソワ・オーベールの歌劇『フラ・ディアヴォロ』の一節）と歌う。わたしはといえば、火がついたように泣いていた。今では、あの突きぬけるような高音のアコースティック・ギターや、最後の審判を告げるようなドラムスに、これほど感動するというのに。

後年、父はサッカーをするわたしを、おなじ自転車に乗ってみにきてくれた。やがて父が病に倒れてからは、わたしが、のちに人生の伴侶《はんりょ》となる女性との初期のデートに、その自転車を使っていた。

それには父が死ぬまで乗っていたが、その後は二度と触れなかった。あの中庭の物置で錆《さ》びついて死んでしまうにまかせておいた。

父の死には泣かなかった。終わりのない涙になることがわかっていたので、泣けなかったし、泣かないようにした。

こんなに家から遠くにいるわたしのことを、父はなんと言うだろう？　父自身がせっかちに、わたしにとっては痛いほど早く、姿を消してしまっていた。しかし、父はそれを望んだわけではない。ただどうしようもなかったのだ。

わたしの場合は、そうしないでいることもできる、テレーザとチェチリアと家にいて、娘を自転車に乗せてやることもできる。なのに、なぜ、わたしは、このブルキスタンの山中の寒い部屋にいるのか？

仕事。この、テレーザに言わせれば「あなたがた男性には、どうしても必要な」自分の存在を確かめるための不可思議な衝動。なによりも大切な仕事、愛情や家族よりも優先される仕事、自己実現のための仕事。

いや、ちがう。わたしはここで、自分の職業と、命に対する考えやそれに関わるできごととの折りあいをつけながら、役にたつことをしている。そうであると思いたい。

つまるところ、六八年にはわたしにデモ行進をさせた、あのおなじ考え方が、今、ブルキスタンまでこさせているのだろう。わたしたちのだれもが、この世の自分より不幸な人に対して、なんらかの義務を負っているという、連帯意識の考えだ。

そして、ここには罪もないのに手足を失ったり、腹に爆弾の破片が刺さった人がたくさんいる。その多くは、ラバの背に載せられたり、ときには荷車の上に横たわったまま、山道を延々とたどる旅に耐えきれず、生きのびることもできない。病院に着いたときには、体は汚れ、へとへとに疲れきっている。ターバンもひげも泥だらけ、ぼろぼろに擦りきれた服には血がべっとりついて……。彼らを待っている者がいても、おかしくないだろう。それが人情というものだ。

いや、いや。今度もまた、美しく便利な、とりつくろった言い訳だ。なぜ「皺とり整形《リフティング》」をするのか、どうして自分が抱えているものには触れず、外に現れる部分だけで弁明しようとするのか。ただ満足するため、価値があると思わせ、うれしがるためにすぎない。

わたしがここにいるのは、むしろ、決まりきった仕事には耐えられないからで、旅にでたいとか、ひとつことにおさまらない好奇心を満たすためだ。困難が多いほど魅力的な、単調さを打ち破るための挑戦だ。

やりとげられる、勝つことが可能な、ゲームのようなもの。たぶんそうなのだろう、奇抜で冒険に満ちた……ゲーム。

父と自転車に乗り、家のちかくの草原を走ったときのように。あのころは、ちいさな森や、カエルのたくさんいる小川があれば、夢をみられたが、今はそれ以上のものがいるのだ。

まったく、ピンク・フロイドのおかげで、思考は二つに分かれ、分裂した自分と向きあわされる。自分とそうありたい自分、言っていることと考えていること。その実、二つの相反するもののどちらが正しいのか、だれが喜劇を演じているのか、わかりすぎるほどわかっていて、だからこそ、犬の一〇一個の斑点《はんてん》のように、苦悩や良心の呵責《かしゃく》が現れてくる。と、ドアを叩く音……。ダルメシアン犬ではなく、ニュージーランド人の婦長、グレンが、台風のような勢いで襲ってきた。「ちょっと、もう一〇〇回も呼んでるのに、返事がないんだから！　なに考えてんの？」

「自転車のこと」

「具合でも悪いの？」

「だいじょうぶ、元気だよ」

「病院にいかなきゃならないわ」

また別の不運な人たちが現れたのだ。いずれにしても、わたしはその人たちのためにここにいるのだし、これで不可能な父との対話や、難しい娘への告解《こっかい》を打ちきることができる。

やれやれ、いつもいつも自分の心の奥底を覗《のぞ》きこめるものではないし、覗けたとしても、それを書くのは難しく、めんどうだ。

32 星降る村の民

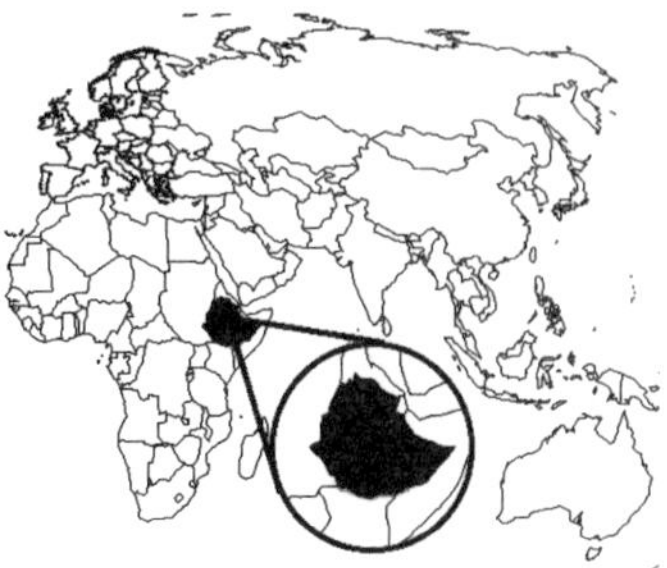

イッサ族はジブチの実権をにぎるソマリ系民族。アファール族は北西部、エチオピアとのあいだに広がる砂丘地帯を牛耳っている。

両民族は紛争状態にある。一〇〇年以上も昔にさかのぼる、根深い不正や差別が元にある民族問題だ。

最近は、これに政治問題もからんでいる。ジブチ共和国には、大統領も属する一党しか政党はなかった。ところが、今や政体の体裁をととのえるため、民主的選挙の指標として、「統制の効く多党体制」の復活がもとめられていた。政府政党から二、三の小さな政党が生まれ、お遊びは終わったかにみえた。しかし、アファール族はそれではおさまらず、ゲリラ戦をくりかえし、街ではテロが横行している。

在ジブチ国際赤十字の責任者、マルクがわたしに電話をしてきた。「北の方に負傷者がたくさんいるんだ。そのことで話がある」。二人とも行くことに決めた。報告したり、許可をとっている時間はない。

外科医療器具、ガーゼ、注射器、薬などの物資を箱詰めにしてもらう。あとは、もう二人くらい頭数がいれば、外科チームができあがる。午後になって、グラツィエッラとヴァレリアに電話した。

グラツィエッラは婦人科の医師、ヴァレリアは産科医で、ジブチ郊外、バルバラの病院に勤務している。ヴァレリアは、帝王切開で麻酔をほどこした経験もある。

「北部に行かなきゃならないんだ。紛争で負傷した患者の手術のためにね。わたしとマルクは明日の朝発《た》つ。危険もあるんだが、いっしょにきて手伝ってくれないか？」

二人とも嬉々《きき》としていた。

国際赤十字のセスナで七時に発った。おかしなことに、パスポートにスタンプを押される。アファール族が住む土地は別の国で、このフライトは国内ルートではないみたいだ。どこに行くのですか？　なんのために？　ほかにも山ほど質問されるが、結局は飛び立てた。

パイロットのフィルとは顔なじみだ。ニュージーランド人で、ソマリアではよくいっしょに飛行した。離陸したらまもなく、運転のレッスンをしてくれるとわかっていたので、フィルの隣に乗りこむ。フィルに父親になってもらって、セスナの運転をするのが大好きだ。大きな白い雲のわきを抜けるとき、綿雲をかすめながら、ちいさな飛行機はすこしだけ傾いて、新雪の上でスキーが横滑りするときのような感じになる。

フライトは短く、三〇分あまりで、目的地のアッサ・グアイラがみえてくる。

アッサ・グアイラは、砂漠に散らばったバラックの集落だ。若木が根こそぎ引きぬかれ、大きな石ころがとりのぞかれた平地があって、そこが滑走路になっている。セスナは、上空七千フィートのところで旋回していた。二周、三周と円を描くと、滑走路には、白地に赤十字のマークが入ったシーツが現れる。

それが合図だ。銃撃はなく、着陸できる。車二台が迎えにきてくれ、村に向かった。テントに負傷者が一五人ほど折り重なっている。周囲にはアファール族の戦士ばかり。女性まで武器をもち、革帯を斜めがけにして、ベルトからつるした爆弾を手にしている。

手術室にする部屋をえらび、掃除や準備を手伝ってもらった。

そのあいだ、わたしとマルクは政治的なミーティングだ。大きな家のまえを通ると、こどもたちの声が聴こえてきて、学校だとわかる。ちょっと覗《のぞ》いてみる。生徒はきちんと机につき、教師は手に指示棒をもって、みんなで声を合わせてフランス語のフレーズをくりかえしている。

ＦＲＵＤ（統一と民主主義回復のための戦線）、すなわちアファール党の党首が、武装兵が大勢監視する家で、わたしたちを待っていた。

靴をぬぎ、床に敷かれたカラフルなゴザの上に腰をおろす。希望をなくしていたのに、よくきてくださったと感謝された。

　わたしたちは中立の立場であり、こちらの負傷者も、あちらの負傷者も治療するのが、人道的義務なのだと説明する。信じてくれたかどうかはわからないが、笑顔で応えてくれる。「あなた方のまえにも、これまでたくさんの方がそうおっしゃったが、結局、ここの人間が死んでいくのを放って、みなさん行ってしまわれた」。できるかぎり手をつくしましょう、と約束しておく。

　一日じゅう、夜八時まで、懐中電灯二本に照らされながら手術をしていた。ヴァレリアとグラツィエッラはとても幸せそうだ。手術室をでると、村の若者二人がわたしたちを待っていて、ついてくるようにと言う。お茶に招かれたのだ。

　二人の主《あるじ》の輪郭だけをみながら、暗闇のなかを二〇分ほど歩いた。ジブチほど暑くはなく、辺りは深い静寂に覆われて、頭上には巨大な天の川、真っ黒な空は星でいっぱいだった。

　藁《わら》でできたテント小屋《トゥクル》に着くと、娘が二人でてきて、熱烈に歓迎してくれ、なかでは村の人たちが車座になって待っていた。中央の火鉢には火が入っている。お茶を飲みながら笑いあい、ほとんどみんなが片言のフランス語で話をしていた。砂漠の真ん中で、親しい友人にかこまれている気がした。

　寝る時間になると、手術室のわきにハンモックをつるした。こんな強烈な星空の下、アカシアの葉をくすぐるやさしい風が、眠りに誘ってくれる。なるほど、砂漠での暮らしを熱望する人がいても、おかしくはない。

別の負傷者がきていたので、翌朝は早くから仕事をはじめた。すべて終えたのは正午をすこしすぎたころで、ここにきてから手術した患者の数は、二〇人にのぼっていた。病人の面倒をみる看護師への指示を書き、治療のための薬や物資を残しておいた。「三、四日したらまたきますから」

あとはフィルが迎えにきてくれるのを待つだけだ。三〇分後、爆音がすると、ほら、上空にちいさなセスナが現れ、滑走路に赤十字の旗を広げた。

ほどなく機上の人となる。だれもしゃべらない。みんな、たぶんアッサ・グアイラのことを、砂漠とあのものすごい星空と、誇り高き人々のことを考えているのだろう。

ジブチが近づいてくる。港にはフランスの軍艦が二隻と、金持ち連中のヨットもたくさんみえる。首相の船外機つきボートが、気どったクラブ・ナウティクの防波堤に係留されていた。

ジブチはぞっとする街で、港と省庁の白い建物、売春宿とたくさんのバラックがひしめいている。それだけなのだが、アッサ・グアイラからくると、マンハッタンくらい大きな都市にみえる。

眼下にはなにも魅力的なものはない。マルクは窓の外をみやって、頭を振っている。言葉にはださないが、きっと二人とも、もういちど大きく旋回して砂漠へもどり、天の川を待つ方がずっといいと思っている。

※ジブチ内戦――一九七七年フランスから独立、その直後から国民の大部分である、イッサ族（ソマリア系）とアファール族（エチオピア系）の対立により政情不安が生じていたが、九一年一一月の武力衝突を機に内戦へ発展。両部族間の和平対話が行き詰まるなか、独立以来政権の座にあったグーレド大統領（イッサ族出身）が複数政党制の導入等民主化に着手、九二年に国民議会選挙、翌一九九三年には大統領選挙を実施し、民主化プロセスを進めた。九四年には政府とアファール族のＦＲＵＤ（統一と民主主義回復のための戦線）の間で和平合意が成立した。

33 聖なる酔っぱらいの伝説

クリスマスまえの週、数日間ショーマンにもどった。エマージェンシーは、この街に、イラク領クルディスタンで最初の病院を立ち上げている。うまく機能しているので、あと数ヶ月もすれば、地元の役所に運営を委任できそうだ。

長く曲がりくねった山道を通らねばならず、例によってＫＤＰの検問にひっかかった。わたしたちは七人で、二台の車に分乗していた。

雲がでていて残念だが、晴れていれば、ここからの眺めは息をのむほど美しい。細い峡谷をのぼる道は、舗装されているところもあるが、穴だらけで、大きな石がごろごろころがっている。峠の手前で雪が降りはじめた。

山の頂には、クルドのゲリラ、「ペシュメルガ」のテントがある。そのなかで一週間ずつ、交代で見張り番をするとのことだが、なによりも、夜間、凍傷にならないよう気をつけるのが先だろう。彼らはロシア製の旧式の機関銃「ドシュカ」をもっていた。わたしたちをみかけると、いつものように、親しみのこもった挨拶《あいさつ》をしてくれる。山越えをする者はすくないので、すっかり覚えられていた。

それから、急流に沿って、何世紀も昔のような暮らしの残る広い谷間を下りはじめる。わずかにある石造りの家には、裸足のこどもたちや、ガチョウや雌鶏《めんどり》、それに何羽か七面鳥も群れている。

いっしょに働いているクルド人技師で、なんでもできるハワーの言葉を思いだす。「もう、クリスマスの七面鳥を買いましたよ、七キロもあるやつをね」。その朝、でがけに話していた。「これから五日間、お帰りになるまで庭で放し飼いにしておきますから」

七面鳥が駆けまわり、鋭い鳴き声をあげたり、声を合わせたりすれば、隣近所の人たちにも、「あそこにも一羽いる、余裕のある家だ」とわかってもらえる。それがしきたりなのだと説明してくれた。これこそ、ステイタス・シンボルというやつだ。

三時間後、ショーマンのキャンプに着くまで、雪は降りつづき、風は凍るように冷たかった。寒暖計は零下九度を指している。家を暖め、寝袋の準備をし、暗くなるまえに夕食のしたくをしなければならない。

そこへ、突然、コリンとブラッドリー、それに南部へ行ったと思っていたビルが訪ねてきた。

三人は地雷除去の仕事をしていて、同じキャンプに住んでいる。いいぞ、これで、またほぼ全員がそろった。

コリンは巌《いわお》のような男だ。イギリスの退役軍人で、地雷と爆発物の専門家、それに、あれほどビールの飲みっぷりのいい男は、ほかには知らない。といっても、翌日仕事のないときだけの話だ。あの職業はいちどでもまちがったら最後、迷いも禁物なのだから。

彼とは、地雷やその除去について、原因をとことん知っている者と、結果を委ねられる者という相方の立場から意見をだし合い、夜な夜な議論したものだ。いちど、地雷の信管を除去する瞬間、なにが頭をよぎるのか、訊《き》いたことがある。

「きみたちイタリア人が生産する地雷のなかで、もっとも強力な破壊力をもつヴァルマーラ69をやっつけなきゃならんとしよう。まずそばに腹這《はらば》いになると、ブツは顔から二〇センチのところにあって、ものすごい大きさにみえるんだ。そして、両側からへアピン状のものを、三ミリの穴に差しこむ。このとき震えは禁物、ほんのわずかな振動でも起爆してしまうからね。なにを考えてるかって？　今度こそバン！　ってね」

コリンの気持ちもわかる。いつもビールを飲むとき、なぜ、まず缶を耳元によせて、部屋の者たちに静かにするように言うのか。それから、地雷が起爆する音みたいな、プシュプシュっというダブルクリックを聴き、笑いながら「ミュージック、スタート！」と叫んで、一気に飲み干してしまうのか。

その夜はみんなで再会を祝った。イギリス人、スコットランド人、スウェーデン人、ノルウェー人、フィンランド人、それにイタリア人が三人で、総勢一ダースほどいる。お約束のピーター・ガブリエルとエリック・クラプトンのあとは、ビリー・コンノリーの出番で、ヴァン・モリソンの素敵なアイリッシュ・ハートビートも聴かせてくれる。夕食会というより、飲み会になっていた。

コリンのワンマンショーがはじまる。スカートを調達してきて、クッションと大きな木のスプーン二本をバグパイプにみたてている。スプーンのあいだを思いっきり吹き、クッションを押しつぶすと、アイルランドの軍隊みたいに足踏みしながら、部屋中を歩きまわる。なかなかの見物《みもの》だ。

そのうちテーブルの上にのぼり、まだ踊りつづけている。すこしビールがすぎたか、ヴァン・モリソンに恍惚《こうこつ》となったか、完全にできあがっている。

コリンは、バグパイプもどきをもったまま、恐るべきジャンプをして、頭から床に突っこんでしまった。

一瞬、その場はシーンと凍りつき、リヴとメリャが助けおこそうとする。わたしも、恐る恐るちかよっていった。コリンは意識がなく、瞳孔《どうこう》はちいさく閉じたまま、反応しない。一〇分かけて脈や血圧や呼吸を調べ、すべて正常と確認、しかし、反射作用がなかった。

「神さま！」だれかが叫ぶ。「イランにちかいこんな辺鄙《へんぴ》な山奥で、どうしたらいいって言うんだ？」

わたしも心配になり、緊急手術になった場合、対応できるかと考えはじめた。開頭のための器具はあっただろうか？　無菌状態で保存してあるか？　手術室の人工呼吸装置はちゃんと動くか？　次から次へと疑問が浮かんできて、考えがまとまらない。

細心の注意をはらって、コリンをそっとベッドに運んだ。三〇分後、なにかもごもご言ったような気がする。いい兆候だ。みんな疲れていたので、夜のあいだ、交代でついていることに決めた。

二〇分して、奇跡がおこった。

コリンが目を開け、ひと言どころか、たっぷりこう呟《つぶや》いたのだ。「まだ生きてるぞ、ビールも、もう一本いける、なにも問題はない」。聴いたわたしは、大笑い。一挙に緊張がほどけ、大酒飲みの友人、コリンのいつもの思考回路を思いだしていた。

みんなほっとしてリビングにもどり、笑顔で喜びあう。と、奇跡はまだ終わっていなかった。まもなく当のコリンが、ふらつきながらも歩いて入ってきたのだ。ステレオのわきで、なにか一生懸命やっている。

ほかの者は唖然《あぜん》としていた。メリャが叫ぶ。「ゾンビだわ、ありえない。だって、一時間まえには昏睡《こんすい》状態だったのよ！」

コリンはふりむくと、二本の指で彼女に合図する。「おじょうちゃん、こっちへおいで」。そして、一分後にはイーグルスがかかり、二人しっかり抱きあって、ゆっくりロマンティックに、すこしよろめきながら、『絶望《デスペラド》』を踊っていた。

わがチームは満場一致で、どこかの医学雑誌に、意識障害の程度をはかる指標としてもっぱら普及している「『GCS（グラスゴー・コーマ・スケール）』は再検討の必要あり」と報告する論文を書こうと決めた。

コリンは医学の確実性を壊してしまったのだ。

34 夢みる聖戦士

ひげはサンドカン（ウンベルト・レンツィ監督の冒険映画『サンドカン』シリーズの登場人物）、頭に巻いたシルクのターバンは赤と緑の広い縞柄《しまがら》、黒い目を細めて上ばかりみつめ、ブルキスタンの山の、ぴかぴか光る春の空を眺めている。
哀しげな歌をたえまなく口ずさみ、何時間もじっと雲を観察している。敵機の急襲を見張っているかのようなこの男に、わたしたちは「パイロット」というあだ名をつけた。
自分ではまだ闘いつづけたいと思っていた戦争で、永久に手足を失ってしまったのだろう。アフガニスタン人の若いムジャヒディン、彼の本名をわたしは知らない。ここにきたときから、わたしたちにとっては、たんなるパイロットでしかなかった。
あの一種の恍惚《こうこつ》状態は、突然、悲惨な現実の世界になげだされた元戦士が、自らを無用な存在と感じる、フラストレーションと痛みの表れだろう。

もはやソ連兵を追って山中に身を隠すことも、待ち伏せも野営もない。カラシニコフ銃の代わりに二本の松葉杖にもたれ、他の不幸な者たちとともに、今、戦士は、はるか国境の向こうの病院にいる。

たくさんのこどもたちが、夢みるような彼の歌声を聴いていた。ハッシッシの強烈な臭いを放ちながら煙を吹かしつづける男を、からかう者もいる。

しかし、当人は意に介さず、病院で他の多くの負傷者といっしょにいるのではなく、お伽噺《とぎばなし》のなかにでも生きているようにみえた。

二週間、いや三週間ほどすると、パイロットの手もちのハッシッシが尽きてしまったことに、みんなが気づきはじめた。夢みがちなところはすくなくなり、やがて、目に映るものをしっかりとらえる感じになって、ときには、とぎれとぎれ会話らしきものまで交わしている。

はたしてパイロットは、戦争の現実を理解しているのか。

あのこどもたちや、ベールを引きずる女たちは、彼の幻想をうち砕くことができたのか。自らの痛みや、かたわらのベッドに眠る人の痛みを感じられるようになっているのか。

地雷で傷を負った別の患者が、救急処置室のベッドに横たわっている。右脚は吹きとばされ、爆風で黒くなった骨だけが、ズボンの切れ端から突きでていた。

ベッドのまわりでは、話しあいがもたれている。当番の看護師、カリルが、膝《ひざ》の上を切断しなければならないと説明するが、患者のムバラク・マスードはわかってくれない。

三人の息子たちと話し、脚はすでにちぎれてしまったのだから、他にどうしようもないのだと、説きふせてみるが、ムバラクは認めようとしない。親子で話しあううち、息子たちはなんとか納得させようと声を荒げ、ほんものの、手のつけられない喧嘩《けんか》がはじまっていた。

言いあいは人目をひいた。と、やはり騒ぎを聞きつけたパイロットが、松葉杖をつきながらまえへでて、静かにするようにと手で制し、けが人にちかづいていく。

二言、三言、なにやら囁《ささや》くと、患者の上にかがみこみ、長いことその顔に息を吹きかけていた。やがてベッドから離れると、カリルがわたしの方をみて厳かな調子で言った。

「もう、話はついたよ。問題はなくなったから、手術室の準備をしよう」

彼をわきに呼んで、説明をもとめた。わかったのは、パイロットは以前も今も、ムジャヒディンの司令官だということだ。彼はあの患者を安心させ、手術を受けるよう命令を下して、祝福をあたえたのだという。

わたしがパイロットの方を向いたとき、もうその姿はなく、庭にもどってベンチに腰かけていた。

老いたアブドゥラマンは、アフガニスタンのカンダハールから、五日間腹に爆弾の破片を入れたまま、ラバの引く荷車に載せられ、ほこりだらけの二人の男の子につれられてきた。カンダハールで、たぶん看護師かだれかがやったのだろう、臍《へそ》のすぐ上の傷口が縫いあわされていた。皮膚に刻まれたお粗末な縫合跡は、老人を荷車に載せるまえにしてやれた、精いっぱいの処置だったのだ。

ほかに選択はなかった。たとえ患者の状態が絶望的にみえても、可能なかぎり迅速に手術するしかない。金属片で腸にも何ヶ所か穴があいていたので、それを修復したり、腹部の空洞をくりかえし洗浄して、細菌や毒素をとりのぞいたりした。

三日間、祈るような気持ちで、術後のほんのわずかな好転反応もみのがさぬよう、注意深くみまもっていた。

しかし、アブドゥラマンの容体は悪化、もう呼吸も苦しそうだ。

夕方七時ごろ、また様子をみにいく。

大部屋の他の患者たちは黙ったまま、うめき声すらあげる者はなく、みんなが、じっと老人をみつめている。

だれが呼んできたのか、パイロットは、老人のかたわらに座っている。

アブドゥラマンはますます弱っていき、頭を仰向けたまま意識を失っていた。

肺に聴診器を当て、腹に触れてみる。奇妙な違和感があって、カテーテルをチェックしたり、利尿剤の準備をしたり、脈をとったりしながらも、罪の意識に似たものを感じていた。

自分たちは、この心遣いに満ちた静寂の部屋の闖入者《ちんにゅう》でしかなく、パイプオルガンのコンサートが行われている聖堂に、音量をいっぱいにしたウォークマンで音楽を聴きながら入ってきたような、そんな気分だった。

ベッドのわきのベンチに座る。そして祈る。ねえ、おじいさん、頑張って、元気をだして……。やがて、パイロットが小声で重く厳かな嘆き声をあげ、他の患者も、一人、また一人と声をあわせていって、それが歌になる。死を悼む歌。逝《い》ってしまう老アブドゥラマンに、みなが別れを告げているのだろう。

この歌を覚えて、いっしょに別れに加われたらと思う。パイロットは感極まり、わたしたちみんながあとにつづく。戦争がどういうものか、わかってくれただろうか?

35 クルディスタン・パークの怪獣

なにがどうなったのか、アワンにはまったくわからなかった。原っぱで薪を拾っていたところに、ものすごい音がしたと思ったら、痛くて痛くて、世界が遠くにいってしまうような気がして……。集中治療室のベッドの上で意識をとりもどしたのは、何時間もあとのことだ。スレイマニアは大きな街で、戦争でめちゃめちゃにされるまでは、クルド文化の首都といわれていた。

この街に、たくさんの支援者の寄付とＥＣＨＯの基金によって、一九九五年、エマージェンシーが設立した、戦争犠牲者のための外科センターがある。

今、九歳のアワンはここにいる。通訳に手伝ってもらいながら、この女の子に、お母さんもお姉ちゃんも、おなじイタリア製対人地雷のひどい爆発で死んでしまったから、もう会えないのよ、と言いきかせたのは、スウェーデン人の看護婦、スザンヌだ。そして、自分の左脚も助からなかったこと、この乱暴で居心地のよくない世の中で、家族もなくたったひとり、片脚のない子になったことに気づいて泣きだしてしまうとき、やはりそばにはスザンヌがいる。

アワンには二度の外科手術が必要だったが、悲劇直後の辛いときを乗りきるためには、愛情もたっぷり必要なのだと思う。むろん、物事を表面的に観察してしまいがちな者の、勝手な見方かもしれないが。五日後には、こども用の大部屋に移され、アワンにはなじみのない、別世界を知ることになる。

そこには、彼女よりまえに、ほかの地雷で手足を失い、おなじような地獄をくぐりぬけてきた、別のこどもたちがいる。おそらく、だんだんと世界はこんなもの、すくなくともクルドのこどもの世界はこうなのだと、思うようになるのだろう。

こどもたちには、決まって驚かされ、いつまでたっても理解できないでいる。こんなにも早く、笑ったり、遊んだり、幸せになったりできるなんて。

それとも、ただの幻想だろうか？

手足を失ったひどい状態なのに、家に帰れるのがうれしそうなこどもの様子をみると、みんなでよくこの話をした。ちいさいころ、扁桃腺《へんとうせん》をとっても不機嫌にはならなかったのと、おなじだろうか。最低でも一週間は、一日に二個でも三個でも、アイスクリームを食べさせてもらえたから。

しかし、わたしたちが結論に達することはなく、ただ、言えたのは、考えるだけでもぞっとするのだが、ここのこどもたちは、家族のあいだでも、隣近所でも、いつもこんな現実だけをみているということだった。

ジュラシック・パークで生きていれば、恐竜にむさぼり食われるのとおなじで、ここでは、地雷で手足を失うことが、ほとんど当たり前になってしまっているのだ。

残っている唯一の親戚《しんせき》が、スレイマニアからははるか遠くの村に住んでいるため、アワンは三ヶ月、わたしたちの元にとどまることになった。外科の傷の方は早々と治り、松葉杖を使って歩く練習をしていた。

ほかのたくさんのこどもたちといっしょに、理学療法とリハビリのコースにも通う。新しく建設中の大規模なリハビリセンターができるまでは、病院内でセッションを行っていた。

やがて、整形外科の研究室に入るときがきて、そこから義足をつけてでてきた。うまく歩けるようになるまで、すこしだけ辛抱が必要だったが、だんだん速く、それから走れるようになり、病院の中庭でボール遊びをするまでになった。

今、アワンは、あの遠くの村の叔父さんと暮らしているが、そのうち義足が短くなって交換の時期がくれば、またあの子に会うこともあるだろう。

歩け、おちびちゃん。そして、できるなら、クルディスタン・パークの怪獣のことは、忘れてしまおうね。

36 瀕死のコシェヴォ病院

コシェヴォ病院は、サラエヴォでいちばん規模の大きい医療施設で、設備の整った三〇以上の大学の医科が設けられ、有能な医師と質の高いスタッフが集まっていた。治療のみならず文化交流の場でもあった。ここが、少しずつおかしなウィルスに侵され、死にかけているのをみると、辛くなる。

ボスニアのセルビア人勢力指導者、ラドヴァン・カラジッチ氏は、このコシェヴォ病院の精神科医だった。ある日のこと、彼と、おなじ民族の技術者や看護師、担架運搬人など、スタッフの一部がごっそり姿を消してしまう。さほど遠くへ行ってしまったわけではなく、すぐ目のまえの丘の上だったが、やがて、そこから、患者や同僚、そして自分たちの部局に対する爆撃をはじめた。

この症状は、なにか精神の病によるものなのだろうか？

元同僚たちは、二年たってもまだ信じられない思いでいるという。ある女医は、頭を振りながら言った。「いなくなる三日まえには、わたしたちといっしょに、会議の席についていたのよ。病院改善に関するプロジェクトだったわ」

セルビア人が全員いなくなったわけではなく、その一部だという。

その他の者たちは、病院に残って仕事をつづけていたが、それすら許されなくなることもある。民族というのは、いちど衝突すると政治的思惑を超えてしまい、火のついた渦《うず》をさえぎるのは難しくなる。

おかげでコシェヴォ病院のセルビア人教授たちは、若くて経験も少ないが「適正な」民族、あるいは党に属する同僚と交代させられていた。医学の世界では著名な整形外科専門の元医長に会った。

すっかりやる気を失い、あきらめきっている。「わたしは医者で、政治にかかわったことはない。だが、今では、患者を手術するのに、去年まで自分のアシスタントだった者の、それもたいして優秀でもなかったやつらの許可をもとめなければならないんだよ」

コシェヴォ病院の大部分の者は、いつか、たぶん終わるだろうと、その思いだけで、機械的に働きつづけている。院内の雰囲気は冷えきり、会話もすくなく、笑い声は皆無だ。

以前は二五〇〇床あったベッドも、今では数百床のみ。科によっては人材不足、別の科は技術不足という理由で、また、爆撃でひどい損害を被った科も、みな病棟を閉ざしてしまっている。院内の移動さえ危険をともなう。気のあう同志をしたがえた「敵」は、まちがいなく銃をかまえ、遠からぬ場所に潜んでいるのだから。

昨日は、ある看護師が外科病棟から研究室に向かっていて、犠牲になった。敷地内の通りは雪と氷で覆われているため、だれでもそうだが、ゆっくり歩いていたという。片脚に銃弾を撃ち込まれたが、辛くも助かった。

手術室以外のコシェヴォ病院の生活は、うんざりするほど単調で、決まりきったリズムで刻まれていく。食事の時間に食堂に行けば、パンがひと切れと、一日おきにインゲンかレンズ豆の、味のぼんやりした薄いスープがあるだけだ。

病院は、ほぼ完璧な闇につつまれている。水も不足していて、一日に二時間ほど、蛇口からちょろちょろ流れるだけ。このため、時間をかけて、空き缶やプラスティックのバケツに溜《た》めておかねばならない。

「両手をこすりあわせながら洗える日を、夢にまでみそうだよ、こんなふうに、片手ずつじゃなくてさ」。その場にはないピッチャーの水を片手にかけるふりをしながら、小児科医が言っていた。

夜間には、ひっきりなしに飛び交うNATOの偵察機の爆音が聴こえる。セルビア人勢力に対して、大砲をもうすこしだけサラエヴォから遠くへ退却させるようもとめた、最後通牒の期限がせまっていた。

ときおりジャーナリストや政治家の訪問があるくらいで、大病院の生活は、わびしくつづいていく。

イタリアの女性大臣もやってきた。名前は覚えていないが、社会問題相かなにかだったと思う。もちろん、ぞろぞろ官僚やカバンもちを引きつれている。

わたしたちは地下室にいたのだが、大臣は、防弾チョッキを着こんで入ってきた。官僚たちは先を争って、チョッキを脱ぐ手伝いをする。

大臣は着席するが、「どうぞ、お楽に」のひと言をかけるのを忘れてしまったため、官僚たちは、彼女がだらだら、うわごとのような話をするあいだ、ずっと立ちっぱなしだった。

マスコミ連中はメモしただろう。「イタリアと彼女の省が、ボスニアにおける人道援助の世界的リーダーとなる」とかなんとか。大臣は、占拠地の封鎖解除を強制する平和維持軍の介入をにこやかに告げ、どうやら彼女の選挙区らしいフィレンツェで開催予定の国際会議について語る。とにかく、手放しの熱狂ぶりだ。

それから、ぐっとうちとけた表情になり、いちばん身分の高い官僚(ちなみに、一等書記官とか二等書記官とか、列車の車両みたいな呼び方をする)にむかって、「ねえ、あのこどもたちを、何人かイタリアにつれていくことはできない?」

官僚は悲観主義者で、おまけに手続きには時間もかかる。大臣は翌日にはローマにもどらねばならないのだ。

「あの、今朝みた、ちっちゃい子、二人だけでもだめかしら?」執拗《しつよう》にすがりつく大臣。

「できるかぎりのことをしてみましょう」と、請けあう官僚。

名刺代わりのこどもたち、いや、餌《えさ》と言った方がいいかもしれない。

ローマの空港でカメラマンやテレビクルーにあたえれば、嬉々《きき》として飛びつくだろう。

よみがえるデジャ・ヴュ。戦争から救った二人のこどもを腕に抱えた大臣が、飛行機のタラップを降りていく。ひしと抱きしめた様子から察すると、その日は自宅につれて帰るつもりらしい。

その後は、迅速に養子縁組の手続きがはじめられるよう、政府の手に委ねると述べるだろう。

だが、そうはいかない。すべてうまくいったとしても、スポットライトが消えてしまえば、二人はしばらくチェリオの軍病院に入れられ、その後は家に送りかえされるか、難民キャンプへ送られるかだろう。

なんたる善意の人。人情深く、むろん正直者にはちがいない。偶然にも、投票まであとひと月だから、選挙民思いでもある。

部屋のすみに腰かけ、これまでも多くの政治屋が語ってきた、このいやらしい話を聞いていると、ポケットに入れた自分のパスポートが恥ずかしくなる。

あの子たちをうまくつれ帰ることができたかどうか、わたしは知らない。彼らのためには、できなかったことを祈る。

どうやら、大臣はわたしのうんざりした視線に気づいたようで、突然、訊《き》かれた。「なにか問題でも?」

「わたしですか? とんでもありません」。短くさえぎる。もし、あったとしても、もちろん、あなたには話しませんよ。

※ボスニア・ヘルツェゴヴィナ内戦――多民族連邦国家であった旧ユーゴスラヴィアでは、東欧の民主化の影響により国内各共和国で民族主義が高揚、対立が激化した。一九九二年春にはサラエヴォを首都とするボスニア・ヘルツェゴヴィナでも大規模な武力紛争が勃発。同年三月、独立に反対するセルビア系住民がボイコットするなか住民投票が決行され、圧倒的多数の賛成を得て同共和国も独立国家となるが、その後も独立の是非をめぐって民族間の戦闘が続く。九五年NATOによる空爆を経て全面停戦、和平協定調印で決着するまで、多数の死者や難民を出した。

37 憎むべきは……

ジブチでは内戦が激化していた。政府軍に比べると、かぎられた武器や戦闘手段しかもたないとはいえ、アファール族の反乱は真剣そのものだ。兵士を載せたトラックや戦車の隊列が、首都を発《た》っていった。

国際赤十字の責任者、マルクに会い、首都郊外にあるわたしたちの病院を、両方の側の負傷者の治療に充てるよう提案する。「外科治療全般と病院内での安全に関しては、こちらで面倒をみるから、きみは患者の空輸と、赤十字の車両での搬送を保証してくれればいい」

「それはいいが、負傷者はどこに収容するんだ?」と、訊《き》いてくる。

「病院の翼を片っぽ空けるよ、それでだいじょうぶだろう」

「ちょっと待てよ、きみはふたつの党派の負傷者をまぜて、おなじ病室のベッドにならべるつもりか？」

「そうさ、ほかに方法もないしね」

「おかしいんじゃないか、受けつけるわけないぞ、政府だって、あっち側だって」

とにかく、やってみることにする。

紛争中の両党派との話しあいを開始する。ＦＲＵＤの「反乱者《ゲリラ》」たちは、信じようとしない。自分たちの側の負傷者は、首都に着くなり捕まってしまうか、病院から一歩外にでたら最後、報復に遭うだろうと怖れていた。

そして、ジブチ共和国の参謀本部長に二度目に会ったときも、希望のもてるような返答はもらえなかった。「あっちにもけが人がいるって？　そりゃよかった、くたばっちまえ！」

別の方法をさぐらなければならない。

病院のわたしのところに、軍中尉のイブラヒムがきた。ほぼ二メートルはあろうかという長身のいい男で、元バスケットボールのチャンピオンだそうだ。くるぶしの脱臼《だっきゅう》を診てほしいという。流暢《りゅうちょう》なフランス語を話すので、二人で雑談をはじめた。

ほかのたくさんの兵士といっしょに兵舎で暮らしているそうだ。キャンプには軍の病院もあって、手足を失った患者も多いという。「もう、一年もまえから、義足をつけるための手術をしてくれる、フランス軍の外科医がくることになっているのに、だれも姿を現さないんです」

「なんだって、ここにこさせればいいのに？」

疑問というより、明らかにメッセージだった。イブラヒムはギプスをつけ、松葉杖をつきながら帰っていったが、翌日、うれしいことに、彼の連隊長から電話をもらった。

軍病院に呼ばれて、いっしょに病室をまわり、九人の患者の移送をその日の午後のうちに決行、わたしたちの病院で手術することにした。

二日後、手術の終わった兵士を見舞いにきた連隊長のハッサンと、また顔をあわせた。わたしの電話でマルクも病院に駆けつけてきて、三人でコーヒーを飲んでいた。

「大佐、北部に一六歳の少年がいるんですよ。背中に銃弾をうけて、体が麻痺《まひ》してしまっている。その子をここに移して、必要な治療をしてやりたいんだが。それには、通行許可証をとらなきゃならんでしょう、なんとか……」

連隊長は微笑《ほほえ》んだ。「よく知っていますよ、アリという少年でしょう、ＦＲＵＤの党首の孫だな。お望みのことはわかりました。あなたがたお二人には、よくしていただいた、できるだけやってみましょう」

数日たったある日、返事がとどいた。アリを病院へ移送する許可が下りたのだ。それだけでなく、許可は別《わ》け隔てなく、「負傷者《レ・ブレセ》」すべてに対して下ろされていた。彼らは丁重に扱われ、治療が終われば、元いた場所に送りかえされる。逮捕されることはない。

マルクとわたしは、うれしくてたまらなかった。ただちに準備にとりかかる。

ＦＲＵＤの最初の負傷者一二人が、空港から国際赤十字の護衛に付き添われて病院に到着したとたん、問題は起こった。

彼らの一部が「敵」と、つまり政府側の者たちとおなじ病室にいることを拒んだのだ。相手を憎んでいるのだろう、前日まで銃を向けられていたのだから。

しかし、双方を離しておくことはできないし、したくもなかった。

病院に夜遅くまで残って、まずこちら、今度はあちら側と話をし、この建物のなかでは戦争も政治もないこと、だれも仲良くなれとは言わない、他の負傷者に敬意をはらってほしいだけだ、と説明する。

興味なさそうに、黙って話を聴いていた。たいした変化は望めそうにない。

その晩はなにごともなくすぎたが、翌朝は、また緊張が高まっていた。その渦中に、新たな兵士やゲリラや市民が収容されてきた。

そのなかにはアリもいたし、ゲリラのリーダー、メリトもいた。機関銃の連射で粉砕された両脚を、直ちに手術しなければならない。

アリがいちばん頑《かたく》なだった。麻痺した体をベッドに横たえたまま、背後から自分を撃ったかもしれない兵士から一メートルの距離にいるのはいやだ、帰りたい、と大声で怒鳴りちらす。二人のあいだに座って言った。

「わたしはこの戦争のことは知らない。この国の者でもなければ、おなじ文化をもつわけでもないからね。だが、きみたち二人は、もうじゅうぶん痛い目にあったろう。神経が麻痺したり、片脚がなくなったり。きみたちのあいだに、もう戦争はないんだよ、もう不可能だ、体だってついてこない。二人とも、戦争を憎むもっともな動機ができただろう。ほんとうの敵は、戦争だとは思わないか？」

たしか、このとおりの言葉をつかったはずだが、おなじことを、いろんな言い方で説明するのに、一時間ちかくかかっていた。

兵士が煙草《たばこ》に火をつけたが、なにも言わずにおく。本来なら院内のベッドは禁煙なのだが。三人のうち話していたのは、言いたいことがいちばんすくないはずの、わたしばかりだった。もう一日たっても、まだ話しあいが必要だった。どうして負傷者を分けないのか、別々の部屋に収容しないのか？

マルクはもはやそれしかないと思っていたようだ。病院での混乱は避けたいのだろう。赤十字も非難されかねない。しかし、わたしの方は、それでは問題を難しくし、分裂を助長するだけと譲らず、あくまで共存のかたちをさぐりつづけた。

アリは新しい車イスを手に入れ、操作を練習していた。ここにきて、もう三日たつ。病室にもどり、朝の見舞客に会うため、ベッドへ助け上げてもらっている。

驚いたことに、隣のベッドから「敵」の手がのびてきて、松葉杖を動かし、車イスに空間を譲ってやった。

わかってくれたのだろう。このちっぽけな蒸し暑い病院でも、ゆっくりと時は流れ、やがて考えたり、周囲やもしかすると自分の内面にも目を向ける気になるのだ。

まだ数日は、ちいさな対立がみられるかもしれないが、それも収まっていき、宣戦布告はたんなる仲たがい程度のものになるだろう。こちらも、辛抱強く敵対する負傷者たちに語りかけていく。そうすれば、すくなくとも耳を傾け、観察し、ときにはみつめあうようになる。

兵士が、煙草をもう一本探して、ベッドわきの小机に手をのばす。と、アリの視線に出会った。なにも考えず、兵舎で戦友たちと自然にやる感じで「吸う?」とでも言うように、アリの方へ腕をさしだす。アリはいらいらした仕草でそれを受け、ほとんどひったくるように、箱から一本引き抜いた。

わたしには、すばらしくよい兆しに思え、目も潤んでくる。まだ何日もかかるだろうが、いずれ習慣になっていくだろう。

毎日、午後の遅い時間、病院の後ろの日陰に、一〇人、一五人と集まってきて、いっしょに煙草を吸い、やがて話をするようになる。一ヶ月前まで、軽機関銃を手に、向かいあっていた者たちだ。

そのなかには、かつて交通事故でやはり体が麻痺し、その後亡くなったイタリア領事が所有していた深紅の車イスに乗る、アリの姿もあるだろう。

メリトは、この風変わりな午後のサロンの、熱心なメンバーになるにちがいない。

松葉杖と両脚から飛びだした奇妙な鋼鉄の棒で、最初の一歩を踏みだそうとしているこの誇り高い男は、まわりの者から真に敬意をはらわれている。

二年たち、メリトが元気にしていることを知った。その間、恩赦があったという。メリトは今でも軍隊にいるそうだ。俊敏に歩き、今や正規軍の制服を着ていると聞いた。

38 DOAとカテゴリー3

患者番号1946、サーワン。わたしが彼について知りえたことは、ざっとこれだけ。名前と番号、ほとんど刑務所のようだ。たぶん、一五歳だったと思う。

ある夕方、すでに息絶えていたもう一人の若者といっしょに、意識不明のまま搬送車から降ろされ、病院に収容されたサーワンは、三日後に自分も死んでいくことなど知るよしもなかった。DOA（Dead on Arrival）病院到着時死亡。ちなみに、スレイマニアのエマージェンシーの病院では、急患登録時の規定により、サーワンの隣の担架に載せられ、白いシーツにすっぽり覆われた男の子のことは、そう書かれる。

サーワンの父親をふくめ、事件がどんなふうに起こったのか、答えられる者はいなかった。まだ息はあったが名前もわからないもう一人の少年のそばで、意識を失ったサーワンをみつけただけだ。その子については、ちかしい親戚の者でも、ちょっとやそっとで見分けられそうにない。サーワンの父親によれば、二人のそばには、他にもずたずたになった死体が二つあったという。おそらく、みんなでしゃべっていたか、遊んでいたかしたときに、ロケット砲が飛びこんできたのだろう。

サーワンは絶望的なケースで、手術もできないほどひどい昏睡《こんすい》状態。刺激にも反応しない。「カテゴリー3」と、カルテに記入する。カテゴリー3は手術しない、しても望みがないのだ。「明朝、再診のこと」。つまり、六時間後である。

つねってみると、わずかに反応があった。そんな気がするだけだろうか？　いや、サーワンの体の左側が、ほんとうに動いているようだ。こうして、朝の六時、手術すべきか否かを話しあった。

しかし、おびただしい傷は、脳や腹部、胸部や四肢にもわたってあまりにも重く、両眼は、とりかえしのつかない損傷を受けている。

そんなことをして、意味があるのだろうか？　どうして、苦しまないまま死なせてやらないのか？　たしかにわずかな可能性はあるし、やってみるのはまちがいではない、それともすべて幻想にすぎないのか？　最高にうまくいった場合でも、この子を待つ人生は？

おなじような疑問が、いつも決まってよみがえる。経験を積めば積むほど、その答えはぼやけ、不確かなものになる。経験論に従うというのは、この残酷ですばらしい仕事においては、人間の命を、最終的には科学の知識ではなく、フィーリングというか、そのときどきの気分に委《ゆだ》ねてしまい、コインを投げるような危うい感覚を、ときに「臨床的直感力」と称して強引に押しとおし、決めてしまわねばならない、ということか……。

そして、また今度も、頭のなかではコインを放り投げていた。「表」だ、やってみよう。時間を無駄にせず、麻酔を長びかせないため、手術は外科医三人がかりで行う。もっとも心配なのは、大脳の損傷だった。

手術しながら、事故の様子を想像してみる。おなじような話はなんども聞いていたので、スローモーション・フィルムのように爆発を再現できる。何百という金属のかけらが、ものすごい速さで肉に突きささり、死や昏睡が突然やってくる、ようこそ、もう苦しむことはありませんよ。サーワンの場合も、瞬間のできごとだったのでは？　額のひろい割れ目から飛びだした脳の断片をみつめながら、そうであってほしいと思う。

それから二日のあいだ、彼の父親といくども話をした。その人は、腰を帯で締める緑色のゆったりしたつなぎにターバンという、クルドの民族衣装に身をつつみ、ほかの家族たちと知らせを待ちながら、いつも病院の柵外にいた。

望みのはかなさにひきかえ、傷の程度は非常に重く、手をつくしたものの、あの子は苦しみもせず、お決まりの医学の敗北に終わった。

看護師が、わずかな反応かうめき声でもあげないかと、なんども呼びかけたが、いちども目覚めることはなかった。手術のあとは、まったくなにもなし、いつも闇だけがあり、死がすぐそこにあった。たとえ心臓がまだ脈打っていても、呼吸で胸郭が動いているとしても、時間とともに息は苦しく、雑音まじりになり、やがて、漁師の網にかかった魚のように、辛そうに口をぱくぱくさせ……。

サーワンの葬式の話を聞いた。

亡骸《なきがら》は、スレイマニアから車で三〇分の彼の村、チャムチャマルまで運ばれていった。チャムチャマルは、国境線上の村で、クルド人が警備する領土とイラン政府の最初の検問所のあいだにある。村の端っこの建物はちいさな病院で、窓をあければ、すぐ目のまえに、一キロ先の丘の頂にすえられたイラク軍の戦車や大砲がみえている。

なぜだか知らないが、はるか昔から、チャムチャマルは、イラク軍による爆撃を、一日おきに受けつづけている。その間隔は実に規則的で、村の入り口では、まえの晩に爆撃がなかったかと訊《き》くのが、決まりになっていた。肯定の返事ならば、その日は比較的安心していられるというわけだ。

病院はエマージェンシーの救急手当所のひとつで、スレイマニアに負傷者を運ぶまえの、初期治療の設備をととのえた部屋もある。

夜間に病院にいるのは、看護師たちだけだ。

村に住む人々は、大砲の真正面にある建物の危険をよく知っているので、午後には病人を迎えにきて自宅へもどし、また翌朝つれてくる。

サーワンがチャムチャマルへ帰ってきたときには、村の女たちの多くが、みな黒い服を着て待っていたという。女たちは泣き、嘆きの声をあげ、まず自分の髪の毛をひと束引きぬき、それからサーワンの髪の毛も引きぬくと（最後の思い出にするのだろうか？）、遺体を家へ運び、祈禱《きとう》のため指導者《イーマン》を待ちながら、洗い清めた。

墓地には、男たちだけが付き添い、女たちは三日後に行くという。穴を掘り、それからクルドの風習にしたがって、土が死体と直《じか》に触れぬよう、横にもうひとつトンネルを掘って、上をシーツ一枚と藁《わら》の筵《むしろ》だけで覆う。

土の塚の上には、とがった石が載せられるだけで、名前も番号もなく、地雷やサダムの大砲にもちかい、この日陰のない原っぱで、やがて辺りを埋めつくす他の石に紛れていく。

39 輝ける道

名前はヴィクトールだが、わたしたちには「マエストロ」だ。アヤクーチョに工場をもっていて、車の修理をしている。いちどだけ、彼が整備した車を運転してみたことがあるが、二分でやめにした。すくなくともわたしには操作不能、ギアをチェンジするためにアクセルを踏んだり、車を直進させるのに、ハンドルを切りつづけねばならないのだから。

マエストロが、わたしたちのジープの一台にもぐりこんでいると、男が二人工場に入ってきた。

「〈エル・クーポ〉の集金にきた」

アヤクーチョで、〈エル・クーポ〉といえば、〈輝ける道《センデロ・ルミノソ》〉（ペルー農村部を拠点とするテロ組織。既存の制度を破壊し、小作農政権樹立を目指した）の活動支援金のことで、彼らに同意するなら、あるいは敵と思われたくないなら、毎月払わなければならない。

センデロ・ルミノソは、アヤクーチョのウアマンガ大学で生まれている。組織の歴史的リーダー、アビマエル・グスマンは、大学で社会学かなにかを教えていた（元哲学科の教授。フジモリ政権下で逮捕され、その後、組織も衰退）。かなり早い時期から、武装闘争や非合法活動をしており、のちに、グスマンはその闘いを〈ゴンザロ大統領〉と名づける。

〈エル・クーポ〉は、紛れもなくマフィアのようなシステムだが、いかんせん、多くの人が、軍隊よりセンデロの方を信用している。「社会制度に対する信頼」は、決して高くないのだ。農民たちは、初等教育を無償にするようデモ行進する一方、いまだに、軍の機関銃で撃ち殺された何百人もの親族に涙している。

このため、ゲリラの活動にしたがう者はあとをたたず、すくなくとも、有無を言わさぬ命令にそむく者はない。

一二月のある日、アヤクーチョの街の壁に、突然、文字が書きつけられていた。翌日の「武装スト」の予告だった。

「明日の労働を禁ず。働く者は直ちにテロの標的とする」。これが武装ストだ。翌日、街は砂漠と化し、人々は鎧戸《よろいど》をおろして家に閉じこもる。

「お二人には、これまでお会いしたことがないで」、マエストロはおずおずと答える。「ほんとにセンデロの人かどうか、どうやったらわかるかね。一時間したら別の人らがきて、また金をくれって言われるともかぎらんで」

するると、二人の訪問客のうち、あきらかにボスと思われる方が、マエストロの鼻先に、身分証明書をみせるような感じで、赤い毛沢東の冊子をぶらさげた。

しかし、マエストロは賢く、毛沢東主席を引きあいにだしても、それが必ずしも、かの〈ゴンザロ大統領〉とおなじではないと知っている。なかなか、簡単には折れない。

「こんな冊子は、リマなら古本市でいくらでも買えるで。あんたらが、センデロの人かどうか、どうやったらわかるかね？」

今度は、やはりボスの方が、工場のドアから外に顔をだした。「チコ、おいで」。通りの反対側の石段に腰をおろしていた、一二歳くらいの男の子に声をかけた。「セニョールが、わしらがセンデロのもんだってことを、おまえにわからしてほしいんだと。わしらのことは信じてくださらん」

男の子は笑顔でちかづいてくると、茶色いポンチョをまくりあげ、ヴィクトールの腹に機関銃を突きつけた。

「これでわかったか？」

話しあいは終わり、ヴィクトールはいつものように〈クーポ〉を払う。

その夜、サイコロ遊びをしながら、何気なくこの話をしてくれたのだが、おかげでずいぶん助かった。

というのは、まず、その後センデロの集金人のだれかが、病院の救急車を使って、店をまわっていることがわかったのである。

もっと大きかったのは、一週間後、二〇歳にもならない若者がわが家のドアをたたいて、「ついてくるんだ」とだけ言ったとき、どう対処すればよいか、わかったからだ。

ヨーロッパ人の外科医は、アヤクーチョではなにもしなくても顔が知れるのか、その男は、わたしがだれか訊《き》きもしなかった。

こちらは質問をしてみたが、答えは望めないとすぐ悟ったので、二つ目の問いは飲み込むことにした。

一五分ほど、郊外の狭い道を歩き、それから、ヴィクトールに整備してもらったほうがよさそうな、ポンコツに拾われていった。

「大統領閣下から、ようこそとのことです」。ほどなく、長身で、褐色の肌に口ひげのある男が、田舎の一軒家にわたしを招き入れながら、こう言った。「あなたに、すぐ手術してもらいたいけが人がいるんです」。そして、裏の「手術室」に案内してくれる。

患者は火器で脚を撃たれて骨折し、傷が化膿《かのう》している。あるのは麻酔薬と外科用の医療器具少々、それにギプス。この条件でもなんとかなりそうだ。

「昨日の夜、あなたが警察病院で、軍人二人を手術なさったことは知っています」。手術のために手を洗っていると、ゲリラ兵の一人が言った。そのとおりだ。

わたしの、不安げな視線に気づいたのか、こう付けくわえた。「別になにも問題はありません、お仕事ですから、それでいいんです。でも、ここにもきてくださってよかった」。実際は、あんたらが連れてきたんだろうに、と思ったが、まんざらでもない。

この予定外の小旅行のことは、赤十字には報告しないと決めた。

わが家の門のまえにある教会の広場では、たくさんのこどもたちが、午後中騒々しい声をあげながら、ボール遊びや追いかけっこをしている。それからは、どの子がわたしたちの行動を監視して、ポンチョの兄さんに報告するんだろう、と考えるようになった。

※ペルー農民弾圧——一九八〇年、一二年続いた軍事政権から民政への移管と同時に、反体制テロ組織、センデロ・ルミノソ（輝ける道）が武装闘争を開始。八二年、主にアンデス地方の農村地帯でみられたゲリラ・テロ活動に対し、政府は軍・警察からなる治安部隊を投入、掃討作戦を行うが、その過程で大規模な人権侵害が横行した。センデロ支持と疑われた農村では、暴行、拷問、強姦、強奪が頻発、女性やこどもを含めた住民が多数虐殺され、現在も死体の捜索が続いている。センデロ側も協力を拒む農民を殺害したため、住民は板挟みとなり、多数が都市部に逃れたといわれる。センデロなど主な反体制組織は、フジモリ政権下の九二年に指導者が逮捕され、以降テロは下火となったが、犯罪の要因である、社会・地域による貧富の差は解消されていない。

40 キーウィ・ホスピタル

婦長というのは、なにをすべきかすべきでないか、医師にも指針を示してくれる、病院の真のボスである。パキスタン、クエッタの国際赤十字病院には、ベルガモ出身らしい頑固さと、スイス人特有の几帳面さを、絶妙の配合であわせもつ、アンナがいた。彼女は一〇年たった今でも、エマージェンシーの活動にかなりの時間をさいてくれている。当時、任期終了まぢかのアンナの後任としてきたのが、グレンだ。ニュージーランドの戸籍には、グレニーズ・アイズという名前で登録されている。

あの体を揺するような歩き方や騒々しい笑い声、人の話をじっくり聴くところなど、彼女のことはすぐ好きになった。

グレンがきてまもないころ、病院の食堂に、医者と看護師全員を集めたことがある。彼女は、強いニュージーランド訛《なま》りに、理解不能なキーウィ特有の表現を織りまぜながら、みんなのまえで仕事の計画を説明している。わたしは、アフガニスタン人の看護師二、三人が、目を丸くし、耳を疑っている表情をみながら楽しんでいた。

そのため、グレンが話を終え、なにか質問かご意見でもあればと訊《き》いたとき、大声で叫ばずにはいられなかった。「次のミーティングは英語で行うというのは、いかがでしょう?」

彼女はわたしを胡散臭《うさんくさ》そうに睨《にら》みつけると、左手の人差し指と中指を振りながら、敢然と無視した。

わたしとグレンは、すぐ親しくなった。

いっしょに仕事をしたり、二人で病人の往診に回ったり、夜には遅くまで語りあうのも楽しかった。何ヶ月ものあいだ、疑問があったり、患者の容体が気になったりするとき、そばにはいつもグレンがいて、アドヴァイスをくれたり、安心させてくれたり、ときには励ましてくれたものだ。

その子の名前は忘れてしまったが、今でもすこしぽっちゃりめの男児を腕に抱いた彼女の写真をもっている。

男の子は、その二ヶ月ほどまえ、アフガニスタンのある村から、腹に迫撃砲のかけらを浴びたひどい状態できて、悩みの種になっていた。体重は減りつづけ、傷は癒《い》えてくれない。

「心配ないって、時間がかかるだけよ」。毎日、どうすべきか不安になり、もうお手上げだと思ってしまうわたしをみて、グレンがくりかえす。こどものことは母親だけがわかるのよ、とでも言わんばかりに面倒をみつづけ、その子を救ってくれた。

わたしがイタリアに帰国するまえには、最後の晩を彼女とともに過ごした。街に数軒しかないレストランのひとつに夕食にでかけたが、二人とも当然のごとく、それがほんとうに最後になるとは思っていない。

たしかにそうで、一年後には、ふたたび同じクエッタの病院で、いっしょに働いていた。また数ヶ月だけ。まもなく今度は彼女が、任期を終えて帰ることになる。グレンにコルクの栓をした四本の瓶を贈った。なかにはクエッタの水と砂と石と空気を入れ、「また会おう」と書いたカードを添えて。

その後は何年も、互いにたくさんの国で仕事をしながら、鉢あわせることのないまま、たまに連絡をとりあっていた。

一九九四年、エマージェンシーが誕生したとき、わたしの手帳にはグレンの名前があり、彼女にも新しい組織での仕事を真っ先にもちかけた。しかし、家庭の事情で、あのステキな電話をもらうまで、さらに二年かかる。「やっと、行けるようになったわ。まだ仕事はある?」

九六年の一月、とうとう、イスタンブールのホテルで再会を果たした。「ハロー、クレイジー・イタリアン!」グレンは変わっていない。

「今度は一年、またがまんしてくれなきゃね」と彼女。喜んで。

わたしたちは、またもやいっしょに働きはじめ、いつものように、グレンとなら、わざわざ言葉をかわさなくとも、なにをどうするのか、ぴたりとわかってもらえた。

戦時下の八月、イラク領クルディスタンでは、サダムの軍隊の侵攻が最高潮に達し、わたしたちは、押しよせる負傷者の波に圧倒されていた。

病院の救急処置室では、身動きがとれないほど、診察台や簡易ベッドがところせましとならべられ、出血した人が床に寝かされていた。

そんななか、グレンは、のちにキーウィ・ホスピタルと名づけられる行動を決意する。どうしてニュージーランドのことは、みなキーウィと呼ばれてしまうのだろう。あのフルーツとはなんの関係もない、たいしてかわいくもない鳥の名前が、国のシンボルになっているのも腑《ふ》に落ちないが。

キーウィ・ホスピタルは、病院の入り口に設置された大きなテントだ。そのなかでグレンはひとり、軽傷患者の手当てをこなし、救急処置室の負担を、毎日何十ケースも軽くしてくれた。

あの二ヶ月、ひと言の文句もなく、彼女は一日一七時間以上働いていたと思う。たまにテントからでてきては、白衣を血で汚したまま、口に煙草《たばこ》を入れてぶらぶらさせたり、お茶を一杯すったり、夜にはスープを飲んだりしていた。

包帯をしたこどもと手をつないでいることが多く、別の子が相手役を代わるまではその子をかわいがり、何時間かマスコットのようにしていた。

こどもたちは、グレンにとって偉大なる情熱の対象だった。胸部の手術のあとには、呼吸や咳《せき》のしかたを指導し、脚を負傷した子には歩き方を教えた。ミラノの本部には、地雷で脚を切断した男の子、フェラを支えながら、松葉杖の使い方に慣れさせようとするグレンの写真がある。組織のシンボルのようになった一枚だ。

グレンは国で大学のコースをとるため、一月にクルディスタンを去っていった。一年で、またわたしたちのところへ、あのこどもたちのそばにもどってくることになっていた。

またくるはずの、いっしょの時間。

なのに、ミラノにいるわたしのところにきたのは、共通の女友だちからの、いまいましい電話だった。

「ハロー、ジーノ、わたし、マーガレットよ」

「チャオ、元気？」

「グレンが！」

「グレンがなに？」

「死んだわ、二時間まえ」

わたしとマーガレットは、言葉につまったまま、しばらく口が利けず、長い沈黙がつづいた。

「いったい、どうしたんだ？」

グレンは、自ら命を絶った。

どうして？

「いつも、あなたたちのこと、あなたのこと、あなたがたの仕事のことを話していたわ」。マーガレットが言った。「もっとやりたいって、あそこにもどりたいって」。わたしたちは、わかろうとして、というより、思いや感情を押しやろうとして、長いあいだ電話で話していた。やがて、言葉は消えさり、答えのない苦しい疑問だけが残っていた。

クルドの彼女のこどもたちは、今ごろ……？

グレン・アイズに捧《ささ》げられた、スレイマニアのエマージェンシーのリハビリセンターでは、毎日、たくさんのこどもたちが笑顔をとりもどしている。

41 スレイマニア陥落

「イラク軍の戦車がドッカンにいる」。この知らせは、病院内を数分のうちにすばやく駆けまわり、病人やスタッフのあいだにパニックを起こした。

ドッカンは、エマージェンシーの病院のあるスレイマニアから、六〇キロしか離れていない。もうまもなく、街は陥落するにちがいない。

スタッフが怖れるのも当然だ。

イラク軍から軍事支援をうけている党、ＫＤＰはさほど怖いわけではない。イラクの刑法には、政府の認めない組織に協力した者に対し、死刑が明確に規定された条項が、すくなくとも四項はあるのだ。それがＣＩＡであろうが、人道組織であろうが、関係はない。わたしたちは外国人だが、パスポートにイラクの査証は押されていない。ということは、イラク北部では非合法の身分とみなされ、いっしょに働いている者まで罰される可能性もあった。

四日まえから、CNNやヨーロッパの多くのテレビチャンネルでは、スレイマニアがイラク軍の爆撃を被っていると報じている。昨日のユーロニュースでは、この地方の地図が示され、スレイマニアには、明らかに爆撃の印がちりばめられていた。

信じられない。BBCのように電話をくれれば、街では爆竹ひとつ弾けていないと、はっきり答えたのに。イラン国境に向けて、大量の人が脱出しているのは確かで、街は急《せ》きたてられるように空になっているが、爆撃も銃撃もない。異様な静寂と、戦い前夜の緊迫しきった空気があるだけだ。

日ごろは、きちんと調べた情報を提供する権威あるテレビ網が、こんなお粗末なまちがいをするのは、いったいどうしたことだろう。みんなで訝《いぶか》しく思っていた。

だれが、嘘の情報をかさねて提供したのか？　疑問がわきあがる。イラクの側にいて、足元を固めようとしている者のしわざか？　情報が途絶えたのは、ほんとうに爆撃をはじめるということか？　よく言うように、くりかえし「オオカミがきた、オオカミがきた！」と叫んでおいて……。

わたしたちのセンターでは、すでにクルド人スタッフの大半が、午後から帰ってしまい、戦闘地域からは負傷者がたくさん到着しはじめていた。

それだけではない。スレイマニアの他の病院は、どこも大急ぎで避難してしまったのだ。医師も看護師も逃げだし、病人も家族が連れさって、建物は、ドアが開け放たれたまま空っぽになっていた。

産気づいた女性が二人きたが、そのうち一人は帝王切開の必要があり、つづいて負傷者が六、七人、さらに急性虫垂炎の男の子に、また別の負傷者……。古いバスが病院のまえに到着する。二〇人を超える負傷者が降ろされた。「イランへ逃れようとしていた人たちなんです。乗っていたトラックがひっくりかえってしまって」。ほとんどが骨折だが、なかには頭蓋骨に外傷のある者もいる。

とりあえずスレイマニアに残ることにしたわたしたちは、損得勘定を誤っていた。午前一時、いるのは外国人八人にハワーとイブラヒムとリザールの、計一一人だった。

一一人でどうやって病院を動かしていこう？

国際赤十字の友人、エリックとマルクを呼ぶことにする。わたしたちとおなじくスレイマニアに残っていた外国人は、この二人だけだ。「いいよ、手伝いに行こう」。一三という数字は、幸運をもたらしてくれるだろう、きっと。

ケイト、グレン、スザンヌの三人は、患者の親族でチームをつくった。母親たちは洗濯室とキッチン、父親は病人運びや床の清掃。軽症の患者には、消毒用のガーゼを折りたたんでもらって……なんとか乗りきらねば。

その間にも、三つある手術室はひと晩じゅう、翌朝まで、休みなく稼働していた。

イギリス人の麻酔専門医、デヴィッドは、隣りあった手術台にならぶ二人の患者の面倒を、いちどにみることができる。「七四歳にして、七〇万人都市で唯一の麻酔医になるなんて、思いもしなかったよ、それも戦時下でね！」

「大げさ言っちゃいけないね、かなりの人が逃げだしたから、残ってるのは五〇万人ってとこだろう」。デヴィッドより三ヶ月ほど若いベルギー人外科医で、洒落《しゃれ》たユーモアの持ち主、グスタフが、にやりとしながらやり返す。

もう、午後三時。わたしは、最新の正確な情報を期待して、国連ビルに行くことにした。ところが、ほとんどもぬけの殻、あの、いつも入り口で、棒の先に取りつけた鏡をつかって車に爆弾がしかけられていないかチェックしていたガードマンすらいない。

階段で、アメリカ人二人に会ったが、どこの組織で働いているのかはわからない。リュックに頭を載せ、段の上に横になっている。まわりには、ビールの空き缶が数えきれないほどころがっていた。

「最後の護送部隊がでるのを待ってるんだ」。彼らが言う。「車が三、四台、もうすぐのはずだ。他の人間は、みんなもう行ってしまったよ」

どこへ行ったのか知らないが、そんなことはどうでもよかった。遠くから機関銃を連射する音が聴こえ、街の東方では初めて煙の柱があがっていた。車に飛び乗り、急ぎ病院へとって返す。

占領までの数時間というのは、もっとも危険なときだ。これまで他の国でもなんどか経験してきていた。

とにかく不安定で、だれもが苛立《いらだ》ち、さして理性的とも思えないような態度すら保つことができない、いわば、引き金が緩んでいる状態なのだ。

スザンヌとケイトは、こどもたちの病室で騒ぎを鎮めようとしている。「親が怯《おび》えるのをみてしまった子は、みんなとり乱しているわ」。砲弾で骨折した大腿骨《だいたいこつ》を固定する牽引治療のため、ベッドから動けないいちいさな患者のそばに座ったスザンヌが言う。

「負傷者は何人？」

「わからないわ、病室の騒ぎは、もう一時間つづいているのよ」。ケイトが答えた。

病院のなかを、ざっとひと回りしてみる。

そして、紛れもないあの音が聴こえた。カブールでも、モガディシオでも、サラエヴォでも、キガリでも、デセでも聴いたピューッという音だ。すこしずつ、すこしずつ増えてきて、耳が痛くなりそうで、一秒、二秒……そして爆発、ガラスが震え、こどもたちが、また泣きはじめる。

「さあ、またきたわ！」以前にも、危機的瞬間にみせたことのある、皮肉な笑顔を浮かべながら、ケイトが言った。

一〇秒、いやたぶん一五秒たち、二つ目のミサイルがきた。ちかい、ちょっとちかすぎる。

「ベッドを全部、窓から離して、だれも中庭にはでないように！」体から緊張が去り、恐怖が姿を変えて表れたのか、腹が軽く痙攣《けいれん》するような感じがしていた。「ハワー、いっしょにきてくれ、見に行こう、ここでじっと、病院が狙われるのを待ってはいられない」

わたしたちのランドクルーザーは真っ白で、屋根にはエマージェンシーの大きな旗がついている。ウィンカーをつけたままゆっくり走り、病院からバザールの方へ向かう大通りに入っていった。この車が医療関係者のものと、見分けてもらえることを願いながら。

大通りは空っぽだった。「ほら、あの先に」、ハワーが教えてくれる。「スピード落として、歩く速度で」

目のまえには、黄色いKDPの旗を掲げた軍隊と、機関銃士を載せたたくさんのトラック、それにちいさめの戦車が数台。ちかづいていきながら、体がこわばっていた。

車はかこまれ、軽機関銃を窓の高さで構えられたが、司令官を呼んでもらう。

三人がちかよってきた。

「お元気ですか、ドクター？」

知った顔だ。二年まえ、ショーマンで、病院に自分の部下のゲリラ兵を運んできた男。そう、名前はオスマン！

「バシャム！　トゥ・チョニ、カックオスマン？」知っているクルド語の単語を総動員してみたが、「元気だよ、きみは？」と大差ない。

しかし、このくらいでちょうどよかった。

命令が下された。三人の将校がこちらの車に乗ってきて……。わたしたちの車には、武器は載せないことになっているが、今回は例外としよう。とても、彼らにカラシニコフ銃やピストルや、ベルトにつるしたたくさんの手榴弾を放棄してくれ、と頼める状況ではなかった。

三人を病院まで乗せていく。とちゅう、院内には多くの市民やＫＤＰの負傷兵のほかに、彼らと敵対するＰＵＫ（クルド愛国同盟）の負傷兵も、いっしょにいることを説明する。

ショーマンからの顔見知りだったので、わたしたちにとって、負傷者は単純に負傷者、それだけだとわかってくれていた。改めて、病人やスタッフ一同に対する配慮と安全の保証をもとめた。

入り口で武器を置いた彼らをともなって、病室を回った。「いいでしょう」、いとまを告げながら、こう言ってくれた。「わが軍すべてに、あなたがたの病院にはちかよらないよう、付近での戦闘もさけるよう、命令しましょう。ほかになにかお役に立つことがあれば……」

役にたつことは挙げればきりがない。だが、今日のところは、なんとか一三人で切りぬけたようだ。

42
戦争は
もうたくさん

ちいさいころ、戦争のことは父の話でしか知らなかった。サイレンが鳴ると防空壕《ぼうくうごう》へと走った話、ひとにぎりの石炭を苦労して拾い集めた話、砂糖を手に入れるのが難しかった話、ミラノや近郊への爆撃の話。

父は、ゴルラという地域の、こどもたちが大勢いた学校のことも話してくれた。そこが空爆の標的にされたという。死者一九四人、こどもとその教師だ。

どうして？　なかに戦士はいなかったのに、なぜ爆弾を落とすのか？

単純な疑問が、あのころのわたしには浮かんでこなかった。わたしたちこどもにとって、戦争は大人が考えるよりずっと「当たり前」に思えていた。

インディアンとカウボーイなら、インディアンになるのが好きだったが、生け垣の後ろに隠れては、大決戦に立ちむかった。目にみえない馬の手綱をにぎりしめて跳ねまわり、舌打ちでギャロップの音や、銃声や、青い軍服のラッパ吹きをまねることもできた。

汗びっしょりで、パンとバターと砂糖だけのおやつをめがけて家に帰るため、けがをしたふりをしたこともある。

しかし、わたしたちマメ戦士は、インディアンの女《スクオー》は襲わなかったし、こどもの皮をはぐこともなければ、野営のテントを破壊したり、人質を銃殺することもなかった。あれはなんと善き戦争だったことか！

それにひきかえ、終わってまもなかった本物の戦争は、あまりにも非人間的で、こども心にもなんの魅力も感じなかった。

その後、何年かして、第二次世界大戦では、とりわけ多くの一般市民が命を落としたことを知る。犠牲者の六五パーセントだ。

ゴルラのこどもたちのように、パンを買うためにならんでいた女性や、わたしの父のように、自転車で仕事場に向かっていた工員もいた。そのとき、父は側溝に飛びこんで機関銃から逃れたが、同僚のなかには、運の悪かった者もいたらしい。

少年になって、歴史の本よりむしろ映画で知るようになった戦争は、やはり理解できなかった。

ホロコーストのことは、あまり話題にならなかった。家族や隣近所にも、流刑になった人や、列車の車両に投げこまれ、人類の歴史上もっとも残酷な殺戮《さつりく》の地へ送られた人がたくさんいたというのに。何百万人という死者のことや、やせ細った体に縞《しま》のパジャマを着て獄中で撮られた数枚の写真は、だれもが、必ずしも覚醒《かくせい》させておきたいと思う記憶ではない。

ヒロシマに関しても、あまり語られることはなかった。あれは恐怖であり、タブーであって、歴史上の事実だが、みないですませたい悪夢のような、威嚇の一種とみなされていた。あそこでも、仕事に行こうとしていた人や、インディアンごっことか、チャンバラをして遊んでいたこどもたちまで、無数の住民が原爆のキノコ雲に覆いつくされ、命を落としたのだ。

民間人の死。その意味を、わたしはいまだにつかめないでいる。

ヒロシマは単なる悲劇、「日本人」の結末にすぎないのか。

まるで映画のようだ。まさに、そのもの。嵐のような混乱はおさまり、黄色い顔がうち負かされる――このフィルムでは、敵はブロンドのゲルマン人ではなく、野球帽のようなベレーを目深にかぶった、小柄で黄色い肌の男たちだった――さあ、家に帰ろう。

そして映画は、少し破損はしてもまだ輝くばかりの巡洋船が、岸壁に横づけになるシーンで終わる。「ヒーロー」たちは船の欄干から、黄色とはちがう肌の色のこどもたちが笑顔で小旗をふり、刺繡《ししゅう》のドレスをまとい帽子に模造フルーツの飾りをのせた花嫁が涙を流すのを眺めていた。

それでおしまい。監督も最後のTHE ENDの文字とともに、空想も意識もお休みくださいと、言っている。

ポップコーンはまだ残っていても、映画はきれいに終わって悪夢は消えさり、また、屈託なく遊びにもどっていくことができた。

しかし、長くはつづかない。

何年かのちには、新しい映像にとり憑《つ》かれていた。もはやフィクションではなく、俳優もBGMのファンファーレもない。あの、数年まえには岸壁にいた、わたしとおなじようになにもわかっていなかったこどもたちは、ヴェトナムで最期を迎えることになる。そして、映画はドキュメンタリーやテレビのルポルタージュに姿を変えた。ゴルラの悲劇など、みんな忘れてしまったのだろうか。テレビのニュースでは、上半身だけ映ったキャスターが、舌を噛《か》みそうな名前につっかえながら、また異国の村が空襲ですっかり破壊されたと伝えている。

その村にはだれがいたのか？　迷彩服を着た無情な戦士たちか、それとも白いご飯を食べていたこどもたちだったのか？　まだなんの疑問も浮かばないのだろうか？　ただ「敵の」村、それだけなのか。

世界でも権威ある複数の研究機関が、二〇世紀後半以降、現代の戦争では、犠牲者の九〇パーセント以上が一般市民であるという見解で一致している。

映画も変わり、雄弁な勝利者の話から、闘いに敗れたランボーの物語や、罪の意識とか社会復帰の難しさといった内容にすりかわっていく。問題は歴然としている。

他の「勝者」たちはどこへ行ったのか。ナパーム弾をかいくぐって生き延びた者は？

映画には、もうTHE ENDの文字もなく、映像が消えていく代わりにクレジットの列がつづく。無意識が意識を超えたのか、わたしたちは、それがほんとうには終わっていないことを知っている……。

アフリカの角と呼ばれる北東部やアフガニスタン、ルワンダや旧ユーゴスラヴィア、それに旧ソ連を訪れたこともある。今では名前のまえに「旧」がつき、もはや刑に処されて、あたかも故人のように語られる国々。

外科医という仕事をとおして、ほんものの戦争をこの目で、まぢかにみてきた。そして、犠牲者の顔をみつめることもできた。

おかしな話だが、当初はまだ驚いていた。初めてアフガン戦争の負傷者に対したときのことだ。頭に血のにじむ包帯を巻いた戦士を想像していたのだが、実際には、何百人という女性やこども、それに、ひげをほこりだらけにした老人を手術していた。

いったいだれが戦争をしていたのか？　わたしのまわりには、水鉄砲ひとつないし、戦士たちは、みな目にはみえない架空の存在だったのか？

そのとき、やっとオスロの平和研究所の分析を理解しはじめた。カブールで手術した四千人を超える患者のデータを集めてみて、確信する。九三パーセントが一般市民、三四パーセントが一四歳以下のこどもだった。

その後わたしがみた他の戦争でも、変わりはなかった。

黒い肌の人々、アーモンド形の切れ長の目をした人々、半裸のインディオたち、それにターバンを巻いた男たちもたくさんいた。おびただしい数のさまざまな戦争、そして、それぞれに異なる理由による紛争が、ユーカリの樹の茂るエチオピア高地やアンデス山麓《さんろく》の森、カンボジアの密林やルアンダのバナナ園、それにアフガニスタンの山岳地帯で起こっていた。

いつでも、どこでも、変わらないぞっとする現実。

さあ虐殺だ。友人のレッラ・コスタが『戦争はもうたくさん』で言う科白《せりふ》、「まず、女とこどもから」のようだ。なんど観ても、あのすばらしい舞台には心を動かされる。

※ゴルラ空襲――第二次世界大戦末期の一九四四年一〇月二〇日、イタリア、ミラノ北部の住宅地ゴルラ一帯が爆撃機の操縦ミスから標的にされ、二つの小学校が空襲をうけた。プレコット小学校の生徒は防空壕に逃げこんで助かるが、ゴルラ小学校では六歳から一一歳までの生徒と教師ら二〇四人が命を落とし、地域一帯の死者は約六五〇人にのぼった。

43 スナイパーズ・ロード

サラエヴォでは、そこを「狙撃兵の道《スナイパーズ・ロード》」と呼ぶ。病院に行くにはここを通らなければならず、犠牲となった人の多くも、おなじ道からむなしく運ばれてくる。

最後にきたのはブロンドの男の子で、額の真ん中に弾丸を撃ちこまれていた。すでに出血は止まって、髪の毛に染みこんだ血も固まり、ひどい寒さでほとんど凍りついている。病院から一キロと離れていない雪の上で遊んでいて、ちいさな体で後ろに木のテーブルを引きずりながら坂を上ったり、即席のソリの上で歓声をあげながら滑り降りたりしていた。

一撃で、その子は死んだ。

戦争は人を殺す。対する相手がだれでもかまわないのだ。敵に対して、それが象徴するものや、所有するものに大砲をむけ、爆破してしまう。

しかし、あの狙撃兵の戦争は異様だ。彼の仕事が何百人もの犠牲者をだすことはない。単純だが正確な鉄砲という武器は、いつも一撃で一人。

狙撃兵の戦争には、爆弾よりはるかに恐ろしいなにかがある。

銃の照準器を通せば、ブロンドの男の子は、すぐそばにいるように大きく大きくみえる。遊んでいる姿も、降り積もったばかりの雪の上でころんで、しかめた顔もみえる。

あの子が敵なのか。武器といえば、ソリにしていたあの木の板しかもっていないのに。照準器が、周囲を脅かす軍隊の進撃をとらえることはない。証明写真のようにこどもの顔だけを狙うのだ。敵の方は、みられていることにも、自分の額が、照準器の十字の印がぴったりのるまで、ゆっくり動かされていることにも、気づいていない。

引き金が引かれるときには、笑っているかもしれない。

英語で snipe《スナイプ》 は鳥のヤマシギのことだ。to snipe と動詞になると、それこそシギ猟のように「物陰から狙い撃ちする」という意味になる。けれど、鳥が自分に笑顔をみせていたら、どうして殺せるだろう?

サラエヴォのある狙撃兵が、真っ暗にちかい部屋でインタヴューに答えていた。信じられない、女性だ。女性が六歳の男の子に銃をむけるのか? なぜ? 「二〇年たてば二六歳になるわ」。それが、通訳された答えだ。

寒さがいっそうつのる、心が寒い。インタヴューはそこで終わり、もう質問はなかった。

44 テレーザへ

献辞は、ふつう本の最初にある。

それをみると、ときにはすこし鬱陶《うっとう》しく、べたべたした感じもして、「マリアへ、愛をこめて」と言われても、捧《ささ》げられた相手もどうってことはないだろう。畜産加工処理でつくられた人造牛肉のコピーみたいだ、などと思っていた。

むろん軽蔑するわけではないが、受ける方にとってはたんなるおまけかプレゼント、筋ちがいと思わないまでも、うわべだけのものという気がしていた。

この献辞は巻末に入れたいと思った。というのは、これまでのことは、まぎれもなくすべて、テレーザの寛容と知性と忍耐と、なにより愛情があって実現できたのだから。

これで中身とはあまり関係がなくても、この献辞が本の結論として筋の通ったものになる。

自分や娘のために捧げられるべき時間や献身や支えや、愛情までをうばわれながら、わたしに世界中を駆けずりまわらせ、この本を書かせたのは、彼女だ。

わたしが紛争地域にいることを知りながら、何ヶ月も便りのない状態に耐え、娘の教育や数知れぬ家族のやっかいごとを一手に引きうけ、わたしの帰りを待ちつづけ、毎回、心配事に耳を貸して、わたしの夢と常軌を逸した希望をやさしく暖めてくれ、この本を生みだしたのは、彼女だ。どんなときも、わたしを棄てないでいてくれた、そうなってもおかしくはなかったのに……。

彼女と直接、心の底まで深くむきあえたことがないのは、自分の弱さをかばってしまう、愚かな自尊心のためだろう。

この長い年月、自主独立を実現して意気揚々としているときも、他のどんな瞬間にもいつだって、内心ではちょっぴり淋しく、とても懐かしく、大いに後ろめたく感じていたことを、わかってほしいと思う。

かたわらで愛と力を注ぎ、彼女の問題にかかわり、早くいえば、いっしょにいるべきだった。しかし、わたしは自分自身と、異国で治療したターバンを巻いたり切れ長の目をした人たちや、みず知らずの他人のこどもたちのことにかまけて、外をうろついていた。しかたがなかったともいえるが、やはり自己満足のためだった。

だれかの役にはたっただろう。自分がなにを得たのかわからない。だが、失ったものだけは、はっきりわかる。

過去にもどるとすれば、またおなじようなことをするだろう。だが、わたしがみてきた、苦悩に満ちたたくさんの場所で、かたわらにいつも彼女がいてくれたなら。相談にのってくれたり、過ちを防いでくれたり、たいせつな瞬間を共有したり、そんな彼女の存在があれば、もうくりかえしたいとは思わない。

テレーザへ。

「エマージェンシー」について

現代の戦争では、犠牲者の九〇パーセントが一般市民です。毎年、世界中で女性やこどもをはじめ、武器をもたない多くの人々が殺されています。

傷を負ったり、手足を失った人の数は、その何倍にものぼります。

エマージェンシーはこのような人々を救助するため、一九九四年にミラノで誕生しました。救急医療の現場に習熟した医師や技術者が力をあわせ、紛争地域の医療活動を請け負い、外科治療やリハビリテーションを行っています。

エマージェンシーによって設立され、活動の拠点となっている病院では、援助スタッフがその国を去った後も医療センターが機能するよう、現地の人材を育成することにも力を注いでいます。

エマージェンシーの人道援助は、当初から対人地雷による犠牲者の手当てとリハビリテーションを主眼としてきました。かつて、イタリアがこの爆破装置の主要製造国だったからです。

エマージェンシーは、イタリアからこの種の武器を追放するよう働きかけてきました。そして一九九七年一〇月二二日、政府は、対人地雷の製造および売買を禁止する法案三七四号を承認しました。

しかし、六七ヶ国にまき散らされた一億一千万個の爆破装置は、今も人々を傷つけ、手足を吹き飛ばし、命までも奪いつづけています。

《EMERGENCY》
via Bagutta 12 20121 Milan, Italy
tel：＋39 02 76001104
fax：＋39 02 76003719
http://www.emergency.it

訳者あとがき

パッパガッリ・ヴェルディ？

この本を手にとったきっかけは、原書の『Pappagalli Verdi（緑色のオウム）』というタイトルに興味をそそられたからでした。人なつっこい瞳をしたきみどり色の鳥が、どこか遠い国の幻想的な物語でも語ってくれるのかな、と、暢気《のんき》な想像をふくらませたのですが、とんでもない！緑は緑でもアーミーグリーン、止まり木にちょんとのった鳥ではなく、無邪気なこどもたちを狙うため、周到に考案された地雷のことでした。ヘリコプターからまきちらされると、ちょうちょのようにひらひら舞いおりることから、「ちょうちょ地雷」とも呼ばれます。

幸いこの本は、平和な島国にも舞いおりて、無邪気なこどもの期待もうらぎらず、わたしたちのあまり知らない、遠くてちかい国々のお話を、たっぷり聴かせてくれました。

著者は、西アジア、アフリカ、南米など、世界の紛争地域で医療活動をしているイタリア人医師で、この手記は、彼の過去およそ一〇年間の日常を綴ったものです。ありのままの事実や、そのときどきの感情が、率直な言葉でしるされていますが、舞台背景が生の戦争ですから、日々起こる現実が、そのまま物語《ドラマ》としてじゅうぶん迫力をもっています。そして、命をあつかう著者の熱い思い、揺れる心、異国の人々とのふれあい、家族との絆などが、淡々と語られていきます。

昨年九月一一日の同時多発テロ。あの映像をみながら、多かれ少なかれ、だれもが戦争のことを考えたと思います。その後、正義を盾におこなわれた報復戦争でも、誤爆による一般市民の犠牲者が報じられるたびに、憤りをおぼえ、わりきれない思いにとらわれたのは訳者だけではないでしょう。過去のこともふくめ、戦争についてもっと知っておかなければ……ちょうどそんな気分のとき、この本がその機会をあたえてくれました。

著者の国、イタリアは、日本とおなじく第二次大戦の敗戦国。憲法にも戦争否認の条項があるのに、政府はアメリカ追従的な態度をとりがちです。ジーノ・ストラダは、国外で活躍する外科医ですが、報復戦争に全面協力を約束する一方、失言をくりかえして顰蹙《ひんしゅく》をかったベルルスコーニ首相を痛烈に批判しました。抗議文を国会に送りつけたり、派兵を決めた政府からの人道資金援助三五億リラを突っぱねたり、昨秋以来、イタリアでもその信念の言動が注目されている、時のひとです。

本書のなかに、患者を選別する「トリアージュ」について語った章があります。どのひとを先に手術するか、その決定は、そのまま患者の生死を分かつもので、著者は自らがくだした判断について思い悩みます。ストラダ医師は、あるインタヴューに答えて、本書を著したのは、このような葛藤をひとりで抱えきれず、すこし荷を軽くしたかったのかもしれない、と語っています。本書にこめられた、命の尊さ、人間のたくましさといった、生を肯定するメッセージも、ある意味では、膨大な数の命を委ねられる医師の、魂の叫びなのかもしれません。

ストラダ医師は、現在も、カブールの病院で医療活動をおこなっています。テロから一周年にあたる本年九月には、九・一一以降のアフガニスタンの様子を綴った二冊目の著書、『Buskashì——戦争のなかの旅』が出版され、本書同様、またたくまにベストセラーとなりました。国連やNGOの人々がこぞって脱出していくなか、パキスタンから山を越えてアフガニスタンに入り、パンシール渓谷をへて果敢に首都へもどった医師一行は、西側の人間として唯一、カブールの解放を目撃します。その体験は映像にもおさめられ、イタリア本国に先がけて全米でもテレビ放映されました。いっさいの分けへだてなく命を守るという人道的見地から、熱っぽく反戦を訴える医師の主張は、内外で広く共感を呼んでいます。

訳出にあたり、また、必要に応じて章末に付した訳注の作成にあたり、各地域紛争について、関連の文献や外務省、UNHCR、NGO等のホームページを参考にしましたが、資料が乏しい地域も多く、拙い部分もあるかもしれません。あらかじめご容赦ください。

最後に、出版のきっかけをつくってくださった杉原賢彦さん、企画に賛同して編集の労をとってくださった紀伊國屋書店の藤﨑寛之さんに、心からの感謝を捧げます。そして、砂漠の村の星空や、ジャカランダの木陰で歌う少女に想いを馳せながら、命や戦争について考えさせてくれた著者に、最大級のありがとうを贈ります。

荒瀬ゆみこ

二〇〇二年秋

著　者

Gino Strada

戦場外科医。地雷や戦争による負傷者の治療とリハビリを行う非政府人道組織「エマージェンシー」（本部ミラノ）の創設者の一人。長年にわたり、アフガニスタン、ペルー、ボスニア、ジブチ、ソマリア、エチオピア、イラク領クルディスタン、カンボジア、ルワンダなどの紛争地域で医療活動にたずさわってきた。本書で1999年ヴィアレッジョ・ヴェルシリア国際賞受賞。

訳　者

荒瀬《あらせ》ゆみこ

大阪外国語大学イタリア語学科卒業。雑誌、書籍編集者を経て翻訳家。主な訳書に、ジャコモ・バッティアート『こわれた心を癒す物語』（アーティストハウス）など。

ちょうちょ地雷
――ある戦場外科医の回想――
2002年12月4日　第1刷発行©

BOOKS KINOKUNIYA

発行所　株式会社　紀伊國屋書店

東京都新宿区新宿3-17-7

出版部（編集）電話03(5469)5919
ホールセール部（営業）電話03(5469)5918
東京都渋谷区東3-13-11
郵便番号　150-8513

ISBN4-314-00929-9 C0098
Printed in Japan
定価は外装に表示してあります

印刷・製本　中央精版印刷

紀伊國屋書店

イギリス人は「理想」がお好き

緑ゆうこ

イギリス人と結婚しロンドンに永年暮す著者が、これまで伝えられていないイギリスの知られざる側面を、シニカルにユーモアを込めて紹介する。

四六判／216頁・本体価1600円

サヴァイヴァー

デビー・モリス、他
落合恵子、他訳

レイプ・殺人事件から奇跡的に生還した十六歳の少女デビー。心の傷を抱え、救済と癒しを求め続けた十五年間の軌跡を綴る魂の手記。

四六判／272頁・本体価2300円

神様がくれたＨＩＶ

北山翔子

日本女性初の告白！　恋愛でＨＩＶに感染。恋愛、結婚、仕事で悩みながらも、前向きに生きる女性の真摯な姿が共感を呼ぶ、感動の手記。

四六判／192頁・本体価1600円

家族卒業

速水由紀子

依存を繰り返す現代の未熟な親子の姿を緻密な取材で描き出す話題作。「家族幻想」を超え、自立した人間同士の築く新しいユニットの形を探る。

四六判／228頁・本体価1600円

不真面目な十七歳

B・サムソン
鳥取絹子訳

初めての恋でエイズウィルスに感染したバルバラ。その時彼女は十七歳だった。その経験を軸に自分の青春、家族との葛藤を率直に語る。

四六判／268頁・本体価1748円

急がされる子どもたち

D・エルカインド
戸根由紀恵訳

早ければよい、わけではない！　子どもたちのストレスを無視する社会と、子どもらしさを奪う待てない教育へ警鐘を鳴らす。

四六判／328頁・本体価2300円

表示価は税別です